二日酔いの無念きわまるぼくのためもっと電車よ　まじめに走れ

さらば、立松和平

fukushima yasuki

福島泰樹＝編著

ウェイツ

序歌

福島泰樹

春の盃

大塚の、銘酒の樽い並ぶ酒蔵で、僕達は初めて盃を揚げた。
一九七〇年の春浅き夕であったか。

1

出会いたる七〇年を想うかな今更ながら春の雷《いかずち》
樽の上に腰を下ろして初対面の君がたのみし爛漫の春
灯に揺らぐ小波《さざなみ》いまだ春浅き盃《さかずき》を揚ぐ漣《さざなみ》を酌む
沢蟹が鋏突き立て皿の上　とほうにくれているにあらねど
途方に暮れて那覇の港に着きしことおかしくあれど笑わずに聞く
釜山にて無様に詐欺にあいしかな戻って来たる泥んこ鷗
「ニッパ椰子の唄」をうたわば草枕　若き光晴たどりし旅か
人生は淋しき海の流転とぞ「水の流浪」を語りて熱き
盃《さかずき》を満たせよ友よ盃の沖を漂うボルネオ船よ
一度だけ金子光晴に会いたるよ人生流浪のそのダンディズム

光晴の無頼を語り放浪を　燃ゆるがごとき眼差をする
酔いどれの夢の流浪や帆を上《かか》ぐ立松和平　二十三歳

2

鳶《とび》土方学生作家編集者とりとめもなき春の横顔
葦原の彼方煙れる海原の　茫洋とせる男と思う
蒟蒻の刺身に箸はつけねどもぐにゃぐにゃの俺背筋伸ばさん
おれもいまだ二十六歳しかすがに寄り添っておるお銚子二本
友よ全国の銘酒の樽を背に飲まん剣菱隆盛時代というか
壮大な零といわんも相集う熱き稲穂の喧嘩友達
やがてくるその日のために心身を鍛えておかん怒濤たらんよ
夜毎阿佐ケ谷の神社に集い木刀を振りていたると如何な徒党か
組長率下の浪士立松某《なにがし》と飲んでいるかな剣菱立てよ
さらば全共闘よ　束の間の改造心底怒りて戦いし日よ
全共闘議長たりしがこみあげる怒りの花の酔いどれ蕾

3

子母澤寛司馬遼太郎此処は何処　四条堀川旗亭ならぬを
天然理心流若き剣客あらわれて酒をあおりき外は木枯
寄り添いて生きたきものをさにつらう　壬生の屯所の春の夕暮
沖田氏縁者とあわれ刻まれ夕顔のひらけるごとく淋しき女《ひと》か
眼前に血槍の男顕たしめて溢れるほどに酒を呷りき
駆け行くか篠突く雨の洛中を一番槍は原田左之助
池田屋で喀血昏倒せし場面　演じて空のお銚子十本
さなりさなりきみらは敗れ時の風　九条河原に陣を布きしが
新撰組始末記さなり存《なが》えて永倉新八さぶき凩
千駄ヶ谷池尻橋の植木屋の　血を噴く肺の蜂の巣となる
猫斬れぬ沖田総司を悲しみて二人見ておる江戸の陽溜
猫去りしましろきひかりのなかに揺れる花とおもうもあわれ血溜
ゆかんかなましろき花の咲くところ人斬らずとも済む所まで
介錯をせし幾人《いくたり》か若き貌　血糊のごとき夕焼と思う
無言にてわれを睨める貌あまた石楠花《しゃくなげ》匂う夕べとなりぬ

新撰組血風録に登場をすることもなく斃れし多くは
君は沖田をわれは土方歳三を語りき百年前の青春
それから話は曲がりくねって日光の街道をゆき戊辰にいたる
五月十五日まだ夜はあけぬ土砂降りの泥濘をゆく大砲《アームストロング》
黒門口団子坂口より一斉に戊辰五月《さつき》の火蓋は上がる
上野全山火焔を上げておりしかど戦い終われどまだ日は暮れぬ
ずぶ濡れの鳶《とんび》かあわれ陣羽織　奥州の裏街道に雨しげく降る
血刀を下げて落ちゆく群れを見きと語りし老爺よわれら幼年
上野より君が故郷下野《ふるさとしもつけ》にいたる話の徳利燕

4

小説の構想語る　酒場より走り出したる冬の自転車
デパートの年末商品配送の行方不明となりし自転車
一つずつ持ち運びたるお歳暮の山にて築くわがバリケード
米軍払下げ戦闘服で身を鎧い腹空きおれどデモに発つ朝
戦闘服のごわごわの胸に頬寄せて泣きにし君の愛《いと》しからんに

三畳の部屋に自転車配送の商品積めば立ちて眠らん

商品の山に囲まれこの冬は籠城をする暖かくぼく

負傷せし友のその後もわがジャンヌダルクのことも疲れていまは

これからのことは問うなよ妹よ　故郷《ふるさと》の雪を想いて書きし短編

風呂敷をひろげて畳むことなかれ「自転車」のぼくその先曲がれ

5

盃を揚げそれから多分新宿に繰出したのだカチューシャ何処《いずこ》

モッサンで芝居仲間に取り囲まれワッペイという渾名を知りき

花園の神社の脇の居酒屋のさびしき風となりて出でゆく

目黒ジム君直伝のハイ・キック肩で受ければあわれ襤褸靴《ぼろぐつ》

ハイ・キック躱《かわ》しきれずに空を切るわがストレート必殺ならず

空瓶を君が投げればわれもまた酒屋の旗を振りていゆかん

炸裂音暁《あけ》の路上に轟かせ縺れて歩む千駄ヶ谷まで

ドア閉めて灯《あかり》まさぐりおる闇の　サイレン間近包囲されたるや

身構えて息殺しおる火炎瓶角材あらぬアパートの闇

パトカーも遠ざかりしか放埒のとめどなきまで笑いは溢れ
初対面の男の夢に付き合って幾時代かの夢駆けめぐる
「早稲田文学」学生編集号にわが腰折載せんと来たれるは昨夕
東天の窓明るめば眠る君を置き去りにして坊主頭は
遠雷はいまだ聞こえずわがめぐり立ち去り難くまた吾もおる

さらば、立松和平　目次

序歌

春の盃　2

第一章　泰樹百八首

泰樹遠望　12
泰樹百八首　18
書くという浄化作用　59
飛ぶ鳥も　61
悲しみは雲の色して　65
歌人との調和　70
その席にわたしがいない　76
泰樹断唱　78
希有な詩心と人間への愛　84
気高い精神に出会う　86

第二章　短歌絶叫
言霊の力　90
愛しておるよ酒をくだされ　91
無惨の美　99
ソフィアの秋の短歌絶叫　111
茫漠山日誌　116
第三章　対談　俺たちはいま
俺たちは今、リングの真っ只中だ！　126
黙示の文体　150
立松和平の人間ランド　189
第四章　立松和平論
爽やかな感性がはぐくむ青春の逆説　220
途方にくれて　227
光匂い満ちてよ　234
性的黙示録の世界　240
融通無碍の自在な文体　244
全共闘紀行　247

光の雨　255
20世紀の名著『遠雷』　259
母ちゃん、ごめんな　261
友へ　264

第五章　さらば、立松和平
今も時だ——立松和平交友史秘録　268

跋　302

第一章

泰樹百八首

立松和平

大樹遠望

眼下はるかな紺青のうみ騒げるはわが胸ならむ　靴紐むすぶ
花は地を飾れ　わが発つ明日あらば血を噴くためにあれ若き額
流血に汚れしシャツを脱がんとも掌はひとくれの塩のごとしよ

凄いものだと思った。なお突出した闘いの先頭にいる友人から見せられたこの歌が、ぼくの内部にわだかまりはじめた。思いあまってダイヤルをまわした。大塚の宗務院というところだった。当時ぼくは「早稲田文学」の周辺をうろついていて、「学生編集号」という名で一号だけ編集をまかされることになったのだ。歌人はハンチングをかむって待合せ場所の喫茶店にあらわれた。帽子をとるときれいに剃髪され、うかつなことだがその時までぼくは福島さんが僧であることを知らなかった。初対面のその夜、銘柄の選べる当時としては珍しい赤提燈にいき、福島さんは剣菱を、ぼくは爛漫を飲んだ。これは決定的な違いだ。そうしてもらった原稿は「早稲田文学」に載り、題名の「エチカ・一九六九年以降」は、そのまま第二歌集の表題になった。

その後デモで会ったか会わなかったか。戦闘的文学者集団「反措定」の名は聞きおよんではいたものの、情報不足から福島さんとは結びつかなかった。政治の季節も急速に色褪せていった。七〇年闘争は誰の眼にも敗北であった。敗北にこそぼくらのかかわるべき世界はかくされていると、ぼくにはただの予感でしかなかったものへ、福島さんはエネルギッシュに言葉を与えていった。敗北を公然と武器にまで高めたのだ。激しい意志だった。しかも、ぼくにとっては驚くべきことに伝統の定型詩をもってしてだ。ここに「反措定」の深い意味があるように思う。やがてぼくはゆるゆると気怠い敗北の汚水にここちよくひたりきり、デモには行かなくなった。そして、相変らず街頭へでていくヘルメット姿の六月頃の福島さんを、攻撃したりした。ぼくには挫折すらもやってこなかった。一方、福島さんの内には、世界への恋慕にも似た鮮烈な感情が渦巻いていたのだ。その頃ボクシングジムにかよいはじめたとも聞いた。だが情況への恋心が深かった分だけ、福島さんには色濃い頽廃が訪れたのだった。

赤軍の朋よ先死ね　こころいま秋決戦の狂おしき渦
革命の核、角、飛車取り西瓜売り誰何《すいか》するのに返事をせぬか

「眼下はるかな……」から「革命の核……」までの落差が、ぼくには痛かった。満たすすべのない飢えが、言葉を荒れさせているようにも見えた。恋慕を断ち切るべきだと、この才能のために

苛立たしく思った。今日にまでも至る冬の時代の始まりだったのだ。だがぼくの危惧などよりもはるかにしたたかな才能であった。福島さんの日頃口にしていた倫理《エチカ》が、ふと気づくとにわかに輝きを増してきたのだ。恋とは、世界に対するおのれの覚悟だ。生き死にをも共にする情なのだ。生まれ育った東京を捨て、福島さんはいきなり沼津へと発っていった。感動的なほどあっけない出発、東名高速をひた走るトラックで、恋を確認したのか？　地方生まれのぼくこそ、東京を捨てきれないでいた。清しき倫理に息つめている歌人を追って、ぼくは寒村まで行こうと思った。沖縄で買い求めてきた米軍払下げ戦闘上着をつけ、バスケットシューズをはき、渋谷からバスに乗った。

月照りていたりしその夜僧坊に　蒼氓《そうぼう》決起の報は届かず

背中から崩れていくような感覚に、バイトに明け暮れの毎日毎日たえていた。日常の中で、あまりに凄惨な崩壊を目撃しすぎていたのだ。不幸の予感に震えていた。街頭ではあふれる品物にかこまれながら、下宿の四畳半でぼくは栄養失調におちいりさえもしたのだった。そんなにも衰弱したぼくに、福島さんは求道者の貌をおびてきたのだ。苦行者といってもよかった。潜伏者たることによって時代を生きぬこうとする厳しい精神だった。そして、歌は、里程標のように直立して歌人を支えた。

　茫漠としてありたるに寒村の寺の男と言いし朋はも

　ハヤの遊ぶ小川にかかった石橋を踏み渡り、やさしい黒土と苔とを踏むと、やや傾きかかった古い本堂があった。澄んだ読経が聞こえてきた。鶏が柿の枝に跳び、日溜りに影を投げた。土産の貧弱な塩鱒を下げたぼくは、黙って縁先にかけ境内の泰山木を見上げた。大樹は固い冬の芽をつけていた。

　夜の酒の席、奇妙に明るくなったぼくははしゃぎすぎ、「泥凍田どぜう獲る少年足ぬきし穴に光るどぜうがいる」などと歌の真似をして、顰蹙をかったりした。老婆が一人二人、台所の戸を開けては何かいってでていく。節句の寒行が毎晩つづいているのだそうだ。草庵は何やら生きもののにおいに満ちていた。と、夜気が微かに膿みはじめ、生きものたちの集まる足音とともに、本堂から大太鼓の賑わしい音が響いてきたのだ。菜畑のような石畳にすわり、背中のまるくたわんだ老婆たちの後で壁にもたれかかり鍛えぬかれた法華経を聞いていることは、ひどく心地のよいものだった。拍子木を打ちながら行列をつくって部落をまわると、凛と澄んだ夜気が胸にしみる。草木の凍りつく気配。境内に戻り白い着物に着換えた福島上人は、こんこんと湧く泉のほとりにかがまり、老婆たちのかまびすしいお題目と団扇太鼓とに包まれながら、セルロイドの洗面器で水をかぶった。何杯も何杯もかぶった。老婆たちの切ない心情の高まるただ中に、ぼくはいた。水の中の横顔が眩しかった。

寒村の寺の男として死すやこころ騒ぎて帰ろとおもう

深夜新宿でウイスキーを飲みながら、南方に旅することを語りあった。重暗く澱んだぼくらの時代の浪曼は、頽廃すら感じさせる赤道の太陽や透徹るほどのアラブの星を祈ることが、もうひとつの必然だったように思う。その時、ぼくらの心情には濃密な光が跳ね踊っていたのだ。安い切符を求めて、ぼくは船会社をまわりはじめた。だが福島さんは電話で行かないといった。本堂を造るのだと。少しの怒りをぼくは抱えこんだ。造るべき何ものもないぼくは、虎の門病院で看護助手として働き金を造った。その夏が終りかかる頃、ようやくぼくはカルカッタにむけ飛びたった。荒れ野をギラギラ巡り、ハシーシを吸いカレーを食べ、肝臓をこわした。水もない一週間の断食、日本山妙法寺で朝から晩まで大太鼓をたたき、法華経を叫んできた。法華経の中に、福島上人の貌があった。

実は新宿で飲んだ時より福島さんと会ってはいないのだ。二年半にもなるか。本堂は無事に新築なったと聞いた。生活の全てを求めて宇都宮に移り住んだぼくは、今更ながら福島さんの並々ならぬ倫理への決意を思い知らされているのだ。おのれの寺を寒村に築いた福島さんの覚悟が、苦行に縁取られた生き様の果てに、感傷で満ちた危うい青春への毅然とした訣別をさせた。彼は軽々しく印度などに行ってはいけないのだ。印度人の場所である印度には、何もない。あるとしたら、ただ一刻のうつろいだけだ。どれほど鋭敏な感受性でも前を通り過ぎていくより仕方ないだろう。ぼくは、今、宇都宮市役所の机にすわってこれを書いている。同僚たちは親切で平凡だ。時どき好奇心あふれる眼でのぞきこむ。ミスプリントされたざら紙の裏側に細かい字で書いているので、眼鏡を斜にしても読めないはずだ。

冷や飯を林に入りて播き散らす鳥よみたせぬ飢えわれはもつ
三日吹雪きていたりき二月わがさ庭ここを先途と言うにあらずや

歌集『晩秋挽歌』（茱萸叢書）栞　一九七四年十一月刊

泰樹百八首

泰樹百八首【その一】

(1)一隊をみおろす夜の構内に三〇〇〇の髪戦《そよ》ぎてやまぬ

福島泰樹が私の前に姿を現わしたのは、まずこの一首によってだった。私家版の歌集『バリケード・一九六六年二月』は、黒地に殴り書きされたような乱暴な赤い文字が表紙の真中にあるだけの無造作な装幀で、外観などかまっていられないという身も世もなさが全体から感じられた。この本は昭和四十四年十月一日の発行である。時代はいよいよ物情騒然とし、若い学生にとっては打ち震えるような予感に満ちていた。

私は昭和四十一年に早稲田大学政治経済学部に入学した。してみると、本歌集が上梓された時には私は三年生だったということになる。若い私にとって、打ち震えるような予感とは、不安と表裏一体のものである。

この年には実に様々なことがあった。全共闘運動の象徴的拠点であった東大安田講堂が、警視庁機動隊との二日間にわたる激しい攻防戦の末に陥落したのは、一月十九日のことだ。七月二十日にはアポロ十一号が月面に着陸した一方、アメリカではベトナム反戦運動が最高潮に高まっていた。時代は沸騰しているようだったが、しかし、近未来がどうなっていくかはあらかた結着がついてしまったのである。

私自身のことでいえば、大学三年生も後半になって、今後の振り方を考えると暗澹たる気持になってしまったものであった。そこにこの歌集がでた。歌集の名が示すとおり、一九六五年から一九六六年にかけて起こった第一次早稲田大学闘争を舞台にしている。早大闘争は一九六〇年代以降に起こった最初の大規模な学園闘争であり、七〇年に向かってのさきがけであった。いってみれば、学生たちが時代に向かって上げた最初の声で、その声はまだ希望に満ちていたのである。この歌にも希望と恍惚とが満ち満ちている。私たちはここからやってきたのだといえる。

しかしながら、本歌集が世にでたのは、あらかた決着がついてしまってからなのである。ここにははじめと終りがある。第一次早大闘争に徹底的にこだわり、それを歌いきることによって、時代全体に普遍化してみせたのである。つまり、本歌集はほんの少しだけ時代を先取りしていたのだ。

(2)もはやクラスを恃《たの》まぬゆえのわが無援　笛嚙むくちのやけに清しき

孤立と高揚、栄光と悲惨が、この歌の中にはある。若い自意識を透かして見れば、その後の福島泰樹の生き方が実によく暗示されている。これは彼個人のことだけではなく、時代全体への表現となっているのだ。

無援となったものは、やがて確実に敗けていく。関係から逃がれた瞬間のいかに自由なことか。敗北の予感すらもが自意識の甘美さになっている。

福島泰樹はこの場所から歩いてきたといえるだろう。笛噛む清しき口で歌を朗詠してきたのである。この歌は、この頃の彼の歌が生まれる瞬間をよく暗示している。孤立した個と、個を疎外しようとする社会とが軋みを立て、個が揺れつつも別の存在へと変貌をとげていく。そして、個がつねに優位なのである。状況はどうあれ、個が、他者であるところの社会を圧倒している。

ある時代状況を歌いながらも、社会という他者は周到に排除されている。他者は遠景としてあり、あくまでも個を際立たせるものでしかない。彼は徹底した個である。短歌の持っている定型としての音律が、彼が個であることを保障する。逆のいい方をすれば、定型歌をつくることによって、彼は個であることができたのだ。

定型とは個であることができる装置だ。千年以上もの伝統を持ち、しかも型をそのまま存続させてきた短歌は、社会から個を切り離す時、風景から自意識を識別する時に、最もよく機能する。

『バリケード・一九六六年二月』が上梓され、いくつかの雑誌に紹介されたが、私家版であるためそれほどよく流通したとは思えない。私はこの歌集を友人から借りてはじめて手にした。はずかしいことだが、私にとって歌集というものを最初から最後まで通読したはじめての経験であった。正直に語ろう。私にとっての最初の歌人は福島泰樹だったのだ。それほどまでに短歌は私には遠かった。それが当時の学生にとって一般的な傾向だったろう。そのことは今も昔も変わらないのかもわからない。

一読して驚いた。もう一度読んで、また驚いた。ここには私などがいおうとしていえなかったことが、内部に水月《くらげ》なすただよえる形でしかなかったものが、見事に結晶されていた。

(3)コンクリートにふとんを敷けばすでにもう獄舎のような教室である

現在を描写して、同時に未来をも暗示しているこんな風景は、私にとっては日常的な世界だった。日常的すぎるがゆえに見すごしてきたのかもしれない。それよりもっと根本的な原因は、方法論の決定的な不在にあった。定型を知らない私は、たとえ同じ風景を前にしたところで、もうどうしたらよいかわからなかった。私は行動した瞬間に消滅するという行為者の悲傷をしか生きていなかった。

この短歌は、表現というものがどういうものかを、実によく指し示している。直截に歌われてみれば、なるほどこうである。こんな風景は見慣れているよということになる。教室のコンクリート床に蒲団を敷いたこともあるし、獄舎もどういうものかよく知っている。しかし、蒲団の敷かれた教室と、獄舎とが同じ世界だとは知らなかった。

これが表現というものなのだ。歌を読むと、見慣れた風景が突然輝きを帯びてくる。言葉に力が働き、言魂が宿ったのかもしれない。表現されたものを一旦通過させて改めて眺める風景は、奇妙なほどに精彩を帯びていた。

当時私は「早稲田文学」の編集を手伝っていた。編集委員たる作家たちの下働きではあきたらず、働きかけをつづけて、学生編集号を一号まかされることになった。学生のスタッフだけで編集をしようというのである。みんな張り切り、企画を持ち寄った。私のだした企画のひとつが、新人歌人の福島泰樹に短歌を書いてもらおうというのだった。

さっそく調べると、歌人は大塚駅近くの宗務院というところに勤めているとのことだった。私は宗務院というところがどういうものなのかも見当もつかなかった。発音のはっきりした声のよい人だなというのが、電話口の印象だ。栃木訛りのあるぼそぼそ声の私とは対照的な都会的な感じだった。

大塚駅前の喫茶店で待ち合わせをした。現われた男は精悍な風貌であったが、帽子をとっててていねいに下げられた頭は、剃髪してあった。うかつなことだが、その時まで私は彼が法華宗の僧侶であることを知らなかった。声がよいのも、読経で鍛えたと考えれば合点がいった。背筋を伸ばし、正面から人を見てくる男であった。人との距離感がうまく摑めずに悩んでいた私には、強い光を放つ視線が眩しいほどだった。

さっそく私は「早稲田文学」に歌の依頼をした。彼は喜んで引き受けてくれ、私は胸を撫でおろしたのであった。それから何を話したかは覚えていない。宗務院とは法華宗の宗門の事務を扱うところであった。勤めを終えてから会ったので、外は黄昏だった。これから一杯やろうかということになり、喫茶店の勘定を誰が払うかで少し揉めた。四歳上の彼が、私の貧乏学生らしい風体を見たせいか、自分が払うといった。しかし、私は編集者でこちらが原稿依頼したのだからといい張り、わずかなコーヒー代を払った。編集者といっても「早稲田文学」では交際費もでず、私の財布の中身を横から眺めたのか、次に飲みにいくところは心配するなといってくれた。初対面なのにつまらない意地を見せてしまった私は窮乏も極まった学生で、彼はすでに一人前の僧侶だった。コーヒー代を払うというせめてもの突っ張りを、彼は先輩らしく笑って許してくれたのか。

私は情けないほど金がなかった。酒屋から一升壜を買ってきて下宿で飲む程度ならともかく、酒場にはいるなどとんでもない話だった。縄暖簾をくぐって赤提灯にはいることさえ無理なのである。飲みにいこうと誘われ、席を立ったものの、あとは彼にまかせてついていくより仕方がなかった。

(4)切口をさらす刺身に箸刺せばどっとあふれる涙誰《た》がため

はいった酒場は樽がならんでいて、好きな銘柄を選べるようになっていた。枡酒を枡の縁に塩をつけてぐびぐび飲む、なんとはなく豪快な雰囲気の酒場だった。何でも飲めと彼はいい、自分では剣菱を注文した。私は少し迷ってから、爛漫を頼んだ。この差は大きい。

これが福島泰樹と私との出会いだ。その時を最初として、彼とは何升の酒を飲んだことだろうか。

泰樹百八首【その2】

(5)眼下はるかな紺青のうみ騒げるはわが胸ならむ　靴紐むすぶ

青春の気負いに満ちたこの歌が、私は好きだ。ロマンの色濃い情感とともに、ここには敗北へ向けての遥かな予感がある。うみ騒いでいる紺青とは、大学校舎のバリケード占拠をつづける学生たちを排除しにきた警察機動隊の群である。海を思わせる規模で寄せてくる紺青の戦闘服の機動隊と、これから一戦交える覚悟で、彼は靴紐をむすんでいる。海のような機動隊を相手にしたのでは、勝つことはほとんど不可能だ。それでも闘わねばならない状況下で、彼がすがることができるのは、ロマンの心情だけである。

歌集『バリケード・一九六六年二月』で、本歌の次にくるのは、こんな作品だ。


潮騒《しおさい》と分ち難しもわがこころいざオキシフル泡立つ海へ

鯖のごとくカブト光れり　われ叛逆すゆえにわれあれ存在理由《レーゾン・デートル》

海とは、自己の内部と機動隊との隠喩である。この海には二種類の顔がある。ひとつは、自己の内面をロマン的心情で満足させる海であり、もうひとつは、何もかもを破壊しつくそうとする荒神としての海である。海のこの両義性の間で、彼は揺れている。海は彼を破壊するが、同時に海がなければ彼は存在しない。「われ叛逆すゆえにわれあれ存在理由《レーゾン・デートル》」とは、破壊される契機によって存在しようという一瞬の企みなのだ。砕けようとする波に、存在理由を見ようとすることである。砕けはじめた波にとっては、それが唯一の方法なのだ。

ここでは海を連想させる言葉が次々とならべられる。「紺青」「うみ騒げる」「潮騒」「泡立つ海」「鯖」

機動隊は彼の存在証明を保証するためにやってくる。この関係を、ロマン主義というのである。潮騒と分ち難くなったこころは、オキシフル泡立つ海にはいっていく。つまり負傷を覚悟するということだが、怪我さえもが甘美にとらえられている。この甘美な自意識の海にとっては、「鯖」さえもが他者であり、異物なのだ。この海は、彼の自意識以外のすべてを拒む。

本歌が、「潮騒を…」や「鯖のごとく…」の歌よりもすぐれているのは、「海」という隠喩が、「海」という言葉を直接使わずに、全体を覆うことに成功しているからだ。二つの海が、同じ場所を獲得しているからである。この海は、内部であると同時に外部であり、またそのどちらか一方でもある。この歌は、彼の初期の作品のうちでも、最も成功したものだろう。短歌の本来持つ良質な抒情の中に、青春の映像がくっきりと結ばれている。

(6)検挙されなかったことを不覚とし十指もろとも凍る手袋

短歌は抒情であるが、歌集となれば叙事である。歌集『バリケード・一九六六年二月』は、そのように編まれている。つまり、物語となっているのだ。そうであれば、私はこの歌を次に選ばねばならない。

物語をたどるために、本歌の前にある二首をあげておく。

うで撓い身を屈めつつ防ぎしが隊列の中、きみ見失う

淫蕩のおぼえなければここぞ修羅　今朝流血に満身汚《けが》れ

確かに海が津波の相貌でやってきたのに、彼はそこを突き抜けてしまったのだ。彼は海に呑み込まれなかった。海を通り過ぎてしまったことの戸惑いが、本歌には表現されているのであるが、

まず後にあげた二首と読みくらべてみよう。

見失った「きみ」とは、一体何であろうか。うでを撓って身を屈めつつ防いで守ろうとしたものは、何だったのか。この問いを求めて、以後数十年、福島の短歌は詠みつづけられていくことになる。

もちろん「きみ」とは、現実の女性をさしているのではない。だが、ここでは女性に喩えられねばならない何かなのである。福島の短歌が生き方を問う倫理の貌を見せはじめるのは、ここからなのだ。

そして、「淫蕩の…」の歌には、もうひとつの方向性の芽生えがある。朝の流血に「満身汚《けが》れ」と仮名をふらねばならなかった心情は、(2)の歌の「笛噛むくちのやけに清しき」に通じている。「汚れ」とは、「よごれ」と本来は読むべきなのである。「けがれ」とは、「淫蕩」が呼び寄せた言葉である。言葉が言葉を呼ぶ時に、言霊が働く。この仮名を、福島は無意識のうちにふったのではないかとさえ、私には思える。

敗北の後にくるのは淫蕩なのだ。行き場のなくなった若い魂は、外部を滅ぼすことができない以上、自己を滅ぼすしかない。「検挙されなかった…」の歌は、完成された歌だといい難い。叙事としての歌集におさめられてはじめて、存在し得る歌かもわからない。だがといおうか、だからこそといおうか、歌を詠もうとする唇は乾いていない。定型を信じる心と、心情を直截に表現しようとする焦りとが、短歌一首を詠んでしまったのである。

不完全な歌だからこそ、福島の存在が生で込められている。この歌を詠んだのは、歌として完成させようとする意志ではなく、一種の身も世もなさである。こうであるからこう詠んだ。ここにならべられた言葉以上の世界を、この作品が孕んでいるとは思えない。もちろんこういう作品がなければ、歌集は叙事として成立しない。

この作品にあまりに生のかたちで孕まれている倫理の感情が、以後の福島の生き方と作品とを大きく規定していくことになる。

とにかく、彼は生き延びてしまったのだ。

(7)敗走は一本の錐　わが胸を刺さんかな冬の樅聳えたり

この時代に受けいれられない敗北とは、若い自意識にとって甘く美しい。敗北のためにすべての行動があったと思えるほどだ。ここから文学がはじまっていく。

敗走とは、自分の胸を刺す一本の錐なのである。冬の樅の木さえ、錐に見える。

敗走という言葉から浮かんでくるのは、走りはじめられたという喜びだ。これで走る理由ができたのである。

叛逆が存在理由なら、敗北がより強力な存在理由なのである。存在理由が確保された後にくるのは、ここから何処まで走れるかという問いなのだ。

あれから二十二年以上もたったこの時点からは、何もかもがよく見える。敗北から歌へと至る過程は、奔放な精神が定型へと収斂されていく過程である。歌うべきことはたくさんあるが、さてどう歌えばよいだろうかという時に、定型が輝きを持ちはじめてくる。

六〇年や七〇年の騒乱の最中からその後に、一番早くしかも過激に反応したのが歌人であったことは、この定型の表現方法とは無縁ではない。表現方法を獲得するために、定型歌人たちは苦しまないですんだのだ。思いのたけを、ただ定型に込めればよかった。

「叛逆すゆえにわれあれ存在理由《レーゾン・デートル》」から「敗北すゆえにわれあれ存在理由《レーゾン・デートル》」に至り、そこから「定型ゆえにわれあれ存在理由《レーゾン・デートル》」までは、そう遠い距離ではない。もっと別のいい方をすれば、歌人は定型ゆえに根底まで解体されつくすことはなかった。定型が残ったのだから。

(8)ここよりは先へゆけないぼくのため左折してゆけ省線電車

福島の初期の名歌である。ここには彼の心情が実によく表現されている。彼自身も好きな歌とみえ、コンサートでは必ず何度も登場する。

いつか新宿のあたりで酒を飲んでいて聞いた記憶があるが、友人の下宿を酔ってでて、踏み切りにはいった時にできた歌らしい。友人には彼が自殺をはかったと見えたそうだ。線路が曲がっていたので電車はそれ、幸い事故にはならなかった。もし電車と衝突していたら、もちろんこの歌は存在しなかったし、福島もいなかった。

酔った私の記憶は朦朧としていて、あの時の話を正確に再現してはいないかもしれない。しかし、こんなエピソードがリアリティを持つほど、彼は危うい場所を歩いていた。電車さえもが、彼をよけたのである。

「ここよりは先へゆけない」の「ここ」とは、どんな場所なのだろうか。電車は左折していったが、彼は「ここ」にとどまりつづけている。地面を鳴らし、風を湧き立てて何か巨大なものが轟然と目の前を通り過ぎていき、彼は定点に立っている。「ここ」こそが、文学なのである。自分は文学をやるよと、彼は宣言しているのだ。「ここ」に福島は最初から立っていたように、私には見える。「ここ」にいるかぎり、敗北は予定されていた。轟然と電車が通り過ぎていった後のしじまに、彼は一人立っている。歌が誕生する瞬間だ。

福島が自作を愛唱するには、それ相応の理由がある。電車を見送ったところから、福島の歌人としての出発がはじまるのである。

泰樹百八首【その3】

⑼三月のさくら　四月の水仙も咲くなよ永遠《とわ》の越冬者たれ

三月から四月にかけては、学園は年度の変わりになる。卒業生を送りだし、新入生をむかえるのだ。時の流れとともにすべては進行していくのだが、彼の心持ちは重く澱んでいる。自意識が、重く澱んでいる風情を好む。三月にさくらも咲いていては困るのだし、四月になって水仙が咲いて時の流れを明示してくれても困る。いつまでも冬でいてもらわなければ、彼の立場がないのだ。何故なら、彼は越冬者なのだから。

永遠の越冬者たらんとしているのだから春よくるな、と彼はいっているのである。この奇妙な逆転が、福島のパワーなのだ。彼は腕ずくで歌を詠んでいるような印象を与える。自分を世界の中心に置かねば気がすまないというような衝動は、短歌という短い定型詩として表現される時、やんちゃ坊主のような風貌で自信満々に自然と対峙しているような強引な展開を見せる。自然をつくり変えてみせようとする。山を動かしてやろうという迫力である。そして、こうしながらも、三月にさくらは咲くだろうし、四月になれば水仙も咲くだろうという、花鳥風月にかかわる古典的な情趣をも含んでいる。

福島の短歌は新しいのだが、それは古典的感性を打ち破ったからというのではなく、古典をおろそかにせずに現代を詠んでいるからである。「さくら」「水仙」「永遠」「越冬者」等々、石のようにごろごろと反発しあうような言葉をならべて、違和をもたらさないという力術《ちからわざ》がある。

　敗北、別離、越冬者と、その頃の彼の歌の基調をなす言葉をならべてみると、福島はここから永遠の別離の旅をしてきたことがわかる。同時期の歌をいくつかあげればそのことははっきりする。

君黙《もだ》しわれは下向く冬の旅　未完成ならわれシューベルト
その日からきみみあたらぬ仏文の　二月の花といえヒヤシンス
わがジャンヌきみに捧げんマジックで描きし花の卒業証書
ああ鞆子よきみ振向くな　さようなら白くはあらぬ軍手ふらむを
茨城へジャンヌ帰省す　ぼくでないたれか佇てればプラットホーム

　こう書き連らねてみると、まさに旅なのである。他者が旅をしていくのも、越冬者たらんとして定点に立とうとするのも、関係が流動していくということにおいて、旅だ。

　もしも、と私は考える。過ぎ去ったことに仮定はあり得ないのだが、もしも一九六六年の早大学費、学館闘争がなかったら、福島は歌人たり得ていただろうか。彼はここから出発して旅人になった。出発するに際し、地面を蹴りつける力が弱ければ、いつまでも旅をしてはいられないし、遠くまでいけるものではない。

早大学費、学館闘争があってよかったなと、逆転した発想で私は思ったりもするのである。まして敗北してよかった。そうでなければ、この名歌集、『バリケード・一九六六年二月』はこの世に生まれ出る理由を持たなかったのである。

⑽花は地を飾れ　わが発つ明日あらば血を噴くためにあれ若き額《ぬか》

私は最初に読んだ時からこの歌が好きだ。額が割れて血を噴くことを花にたとえているこの歌は、あまりにも若々しい気負いに充ちている。気負っていながらも、伝統とつながる美意識を遠くに秘めている。

何か事があれば何時でもいくよ、死ぬことだって辞さないよ、と彼はいっているのである。彼は自分の美しい死を夢見ていたのかもわからない。だが一方で、「わが発つ明日」は永遠にこないかもしれないということも、わかっているのだ。

あれからではもうずいぶん時間がたってしまった。しかしながら、この歌を読むと、あの頃流れていた時間の質が鮮明に甦ってくるのである。紙に刻むのは恐ろしいことであると、今さらながらに思うのである。

短歌とはその一瞬に、思想も感性も社会状況も肉体条件も、何もかもを刻みつけていく、瞬間冷凍のようなものである。歌人によって詠まれ、それが印刷されるや、永遠に瞬間を伝えつづけるのだ。読者は読むことによって冷凍された言葉を瞬間的に解凍し、あの新鮮な一瞬を掌の上に甦らせることになる。

本歌はそのような作品なのである。


⑾吾《あ》を賭して奪取せしものなにもなし去りゆかん暁《あけ》のカルチェ・ラタン

奪取せしものはなにもなかったのではない。大きな収穫があった。つまり、彼は歌を獲得したのである。喪失感を、獲得した言葉で生き生きと歌っている。

誰であろうと、またどんな火器をもってしても、言葉を奪えるものではない。他のすべてが奪われれば奪われるほど、言葉は内部に向かって豊饒になる。この頃の福島の歌が、ボクシングでいうところのハングリー精神によってほとんど一首ごとに新しい言葉を獲得していることは、刮目に値する。

ここにもう一首、私の好きな歌をあげておく。


バリケードそこになければ初夏の陽はもの憂けれ　されば一日眠れ

この歌に流れている独特の時間と、それを的確に表現する言葉こそが、ここで獲得されたものだ。喪失感が豊かな情感を生みだしている。

言葉とはその人にとっては血や肉のようなものだ。本人にはそのままでは血や肉は見えないと同様、その身に帯びている言葉の変質も見えるものではない。表現されたとたんに、その姿をはっきりと表わすのだ。福島の内で言葉がゆっくりと熟成をはじめたようだ。熟成された言葉は、そのつど生まれ変わって無限の再生産をする。再生産と再々生産の間にもたゆまぬ熟成をとげていくのであるから、枯渇することはない。そんな豊かな言葉の使い手の道を、若くして福島は歩きはじめたようにも見える。

⑿はな吹雪まひるの酔いは鬱鬱とわれらほろびにむかう愉悦《たの》しさ

華やかで豊かな言葉の世界である。これまでの福島なら、真昼に酒を飲んだことを歌うのでも、もっと直截な表現をとったはずである。ここには奇妙なほどの落ち着きとのびやかさがあり、昼間から飲んでいる自由で楽しそうな姿さえ、ありありと浮かんでくる。

これは描写力が増したということだ。描写とは、言葉の持っている大きな力である。外面を描写しても、表現はそれのみにとどまってはいない。言葉自体がうねって、知らず識らずのうちに内側にまで届いている。そんな力を、いつしか福島は身につけたのである。

この歌には、無駄な言葉は一言もない。流れるようにひとつの世界を形成し、発言した最初の言葉と結語とが、円環で結ばれていながらも、思いがけず遠くのほうにまで届いている。


「はな吹雪」→「まひるの酔い」

↙「鬱鬱」↖
→「愉悦《たの》しさ」←「ほろび」

「愉悦《たの》しさ」が、最初に発語した「はな吹雪」に投げ返される。しかし、その結語は、遥かな旅をして変貌をとげてきたのである。「愉悦《たの》し」いのは、「ほろび」なのだ。この「ほろび」も、はな吹雪の降るまひるの酔いからくるので、従来の虚無の感じはない。かといって、やたら明るいだけではなく、「鬱鬱」という言葉が押さえてある。

福島も言葉の達人になったものである。わいわいがやがや酒でも飲みながら、楽しく滅びに向かおうという、ある種健康な虚無が、福島の持ち味である。このことは今でもまったく変わっていない。

歌人福島泰樹にとっては、この歌を詠めた意味は大きい。彼は単なる「挫折歌人」ではないことを、実に豊かに示してくれたのである。

泰樹百八首【その4】

⒀いきもののにおいするなり乱春の真昼けたたましき養鶏場

この歌がつづられている『バリケード・一九六六年二月』が私家版で上梓された当時、私はほとんどこの歌を読みすごしていた。黙読していった目が、この歌をかすめただけで通り過ぎていったのである。本稿を書くにあたってもう一度読み返し、福島の歌としては完成度が高いとはいえないものの、彼の資質がよくでていると、改めて感じたしだいである。

郊外の野でも散歩をしていたのであろうか。「乱春の真昼」は、前掲の「はな吹雪まひるの酔いは鬱鬱と」に呼応する。この歌でもおそらく彼は酔っていたのであろう。酔いに足をとられてふらふらと歩きながら、ただ酔っているにすぎないのに、「われらほろびにむかう愉《たの》悦しさ」を、強烈な自意識によって感じていたのだろう。そんな青春の気負いが、不意に異物に遭遇する。それが養鶏場である。

養鶏場はものすごい異臭がする。乱春のはな吹雪の真昼には似つかわしくない、酔いが醒めるような悪臭である。これが生活のにおいというやつだ。

彼は「いきもののにおい」を、「けたたましき」と、詠む。学園闘争で敗北したという彼の意識がどうあれ、生きている鶏の群がケージの中に窮屈そうに閉じこめられている。ここには生々しくも悲しい命というものがある。酔って出会ってしまったのだが、ふと立ち止まった瞬間に、根っからの歌人である福島は咄嗟に歌を詠んでしまうのだ。この「いきもののにおい」も、今後の彼の歌になくてはならない要素だ。ここから彼独特のあの女というものが、幾年かの歳月をかけて立ち上がってくるのだ。

本歌の前の歌を二首引用する。

びにーるぶくろ少女かかえて佇ちたればあわれ子宮のごときたわみを
五右衛門風呂に四肢まげたれば胎内のとおきいたみを母とわかたん

この二首も当時の私の目を素通りしていったのだった。時間がたってみてやっとわかることがある。ビニールの子宮を持った少女も、胎内に子を抱えた母も、愉悦《たの》しくほろびにむかうという自意識の中から、異物のように立ち上がってきた異人である。さすがに一首ずつ作品に構成してはいるが、この世界の多くの部分は今後の展開に待たねばならない。

この時期は、歌人福島にとっては青春期なのである。処女歌集『バリケード・一九六六年二月』には、種々雑多な世界が詰め込まれている。ここには消えてしまったものもあり、なお執拗に展開している世界もある。

⒁あじさいは雨に翳りていたるともよしや　ひとりのわれとおもうぞ

この歌は私には個人的な思い出がある。「早稲田文学」学生編集号の原稿を依頼した私は、歌人からの電話を受けて原稿を受け取りにいったのだった。電話で聞いた道順は、国電鶯谷駅を降り、大きな家具屋の角を曲がって、寺があるから、と、そんないい方だった。家具屋と寺ばかりの街だから迷わないように、ともいわれた。

雨が降っていた。東北本線の沿線を故郷に持つ私は、上野界隈は親しい土地だ。しかし、隣の鶯谷は、意外な盲点なのであった。上野は地方から上京してきた人たちの街だから、私はまったく違和は感じない。むしろずいぶんと居心地がよいのである。

鶯谷周辺の下谷も入谷も谷中も、古くからの江戸っ子たちが住む土着の街だ。混沌としてはいるが何処かこだわりのない風が吹きぬけていく上野とは違い、福島が住む下谷の入り組んだ路地には、他所者を拒むような頑固な空気が澱んでいた。

歌人は生家の寺の離れに住んでいた。庭にあじさいが咲いていたかどうかは忘れてしまったが、歌人は正座をして慇懃に私を迎えいれてくれた。前回大塚駅前で会った時にはしたたかに飲んだのだったが、しらふの歌人は何とはなく気難しそうであった。

歌の話などをしてから、歌人は私に私家版『バリケード・一九六六年二月』を贈呈してくれたのだ。毛筆で署名とともにさらさらと書いてくれたのが、この歌であった。達筆というのかどうか、手慣れてはいるが癖のある読みにくい字体だ。

私への贈呈本に書いてくれたからというわけではないが、私はこの歌が好きだ。軟らかな抒情と、硬質な抒情とが、不思議な均衡をなしている。青年らしい気負いが表面にでていない分だけ、心地よく完成したリリシズムが漂っている。

歌集においては、「いきもののにおい…」の二首後に編まれている。この二首の間の振幅が、福島のダイナミックな力の発生源なのかもしれない。

この歌は処女歌集において最も高い完成度を示していると思われる。存在証明を叫びつづけているような青春歌集中、不意におとずれるこのしじまが私は好きだ。

⒂放蕩児たらむ　真赤な夕焼に嘘の涙を流してやった

福島は放蕩児ではない。無頼の心情に揺れることがあるにせよ、歌を詠む時の真摯さを持続しているかぎり、つねに立ち戻っていく場所があるものだ。放蕩をして方向を失い、足の裏に触れる地面がなくなってしまうようなことは、これまでの彼の生き方を振り返ってみるかぎりなかったのだと私は考える。

『エチカ・一九六九年以降』というような歌集をだす人物が、放蕩児であるはずはない。エチカとは倫理学のことである。これを彼は逆説で使っているのではないのだ。

にもかかわらず、この時期「放蕩児たらむ」といい、「嘘の涙を流してやった」という歌人は、おおいに魅力的なのである。外部の情況を失い、自己に向かっていくより仕方のない季節であった。何もかもが信ずるに足りないのである。自己さえもが……。いや、最も信じられないのが自己というやつである。

こんな感覚でつくった秀歌がまだほかにもある。

汝が髪の寒き手ざわりぬばたまの　まことしやかな風の夜である
愛せない罪の一つと断ち切りしホットドッグを食う　赦されよ

日向や日陰をどんどん歩いていくかのように、精神情況が一歩ごとに変わっていく。そんな歌集である。巨大な外部に弾き飛ばされた柔らかな魂が行方を求めて彷徨している姿が、一首一首によってばかりではなく、歌集全体で表現されている。若い気負いが、歌の字句からはみだし、歌集全体を覆っているのである。

これはもちろん表現上の計算をしてできることではない。自然体として、存在のあり方として、まさしく歌人はその時代の表現者だったのである。

泰樹百八首【その5】

⒃五月あまりに豊饒なるをわがためにひとり少女が切りし黒髪

福島泰樹の処女歌集『バリケード・一九六六年二月』も終りにさしかかってきた。本歌は、「放蕩児」の後の最終章「鶴とびさりし」におさめられている。このタイトルは象徴的である。処女歌集のヒリヒリするような季節をへて、福島も豊饒の時を迎えた予感を、私は覚える。少女は彼のために髪を切ったのである。

政治の季節の後には、放蕩がやってくる。放蕩には女がなければならない。それも悪いものではない。表現者として福島は間違いなくひとつの鉱脈を掘りあてるのである。それはこんなふうにして現われる。

室《へや》に灯を点すときわがかなしみはおなんど色の汝れの肩布
暁闇の半裸の汝れのかたわらを鶴とびさりしのちのぬくもり
硝子戸にガラスのそびら　あいよりしは嘘ばつかりのおまえの背中

一字一字を書き写しながら感じるのだが、これらの歌は二十代半ばの歌人の手によるとは思えないほどに完成されている。これらがどのような情況下で詠まれたものか、長年友としてあった私にはおおよそわかる。彼は結局のところ、「私」を表現しているのである。その「私」も、人生の元手を賭けた果てにようやく抒情という衣をまとって立ち現われてくる。だからこそ詩になる。激烈ともいうべき男歌の列の最後尾に、男歌には違いないのだが抒情という美しい衣をまとってきた歌に、私は、心が魅かれる。年へてなおいっそう、そう思うのである。

鮮烈な処女歌集のページを閉じる前に、私のペンはどうしても次の歌を引用せずにはいられない。

あでやかなおんなの汝れとやどりしは椿ひとひら落ちる束の間
泣くな　別れむネッカチーフの火の色とおれのこころの中のみずいろ
さようなら　風ふくのべのにしひがしされば冥利につきるこころを

恋とは「椿ひとひら落ちる束の間」なのである。別離の情を味わいたくて恋をしているのだと思いたくもなる。敗北をしたくて闘うのだといういい方もある。とにかく歌人は、歌のできる時間に立とうとする。それが福島の生き方なのだ。

考えてみれば、おそろしい志だ。風が吹いてこなければ、自分が走って風になればいい。しかし、歌が生まれて来る時間とは、人生にとっては不幸な瞬間でもある。詩心を一身に背負い、できるだけ不幸になろうというのである。

その後福島はどんな生き方をするのであろうか。私は彼の第二歌集『エチカ・一九六九年以降』を机上に置く。

⒄刺さむかなおれを裏切りたる俺をナイフ！　一枚の椿欲《ほ》るのみ

当時の福島の《今》が過不足なく表現されている。リズムも悪く、歌としての完成度も低いが、だからこそ正確な表現といえるのだ。彼は歌の生まれる不幸の崖にはまだ充分に立ってはいない。この歌では一枚の椿が見えてこない。これがどうしようもなく彼の《今》であった。

叛逆の朋来たるかな　微笑めば漆黒の刻やがて頒たむ
その夜風つよくありたり　くきやかななめらかなひと喘ぐ樹の音
パルチザンひとりのおれをゆかしめよ此処よりながき冬到来す

当時の心情を思い出すのは、それほど難しいことではない。あまりにもいろいろなことがあったにせよ、あの時の悔しみはそうたやすく忘却できるわけではないのだ。

今、私は機上にいる。ソ連のハバロフスクから、アルメニア共和国にむかう途中である。まずグルジア共和国のミンボディに九時間かけて飛び、そこで四時間待機してから、また二時間かけてアルメニアの首都エレバンにいく。眼下は一面に茫々たるシベリアの荒野である。その揺れる機中で、私は本稿を書いているのだ。

本当にいろいろなことがあった。その果てに、今、私はここにいるのだ。隣の席には福島がいる。目の前をうつろっていく風景に目をやっては、時折猛然と手帳にペンを走らせる。歌が湧いてくるのだ。

おかしな具合なのだが、私は本人の隣で『現代歌人文庫福島泰樹歌集』のページを繰りつつ、この「泰樹百八首」の稿を起こしているのだ。文庫の巻末に「泰樹遠望」と題する私の文章が載っている。

「背中から崩れていくような感覚に、バイトに明け暮れの毎日毎日にたえていた。日常の中で、あまりに凄惨な崩壊を目撃しすぎていたのだ。不幸の予感に震えていた。街頭ではあふれる品物にかこまれながら、下宿の四畳半でぼくは栄養失調におちいりさえもしたのだった。そんなにも衰弱したぼくに、福島さんは求道者の貌をおびてきたのだ。苦行者といってもよかった。潜伏者たることによって時代を生きぬこうとする厳しい精神だった。そして、歌は、里程標のように直立して歌人を支えた」

友が会社に就職しただけでも、「凄惨な崩壊」と感じられてしまった。しかし、第三歌集『晩秋挽歌』のしおりのためのこの文章を書いた当時の私は、宇都宮市職員であった。生きるために、とにかく早急に何かをしなければならなかったのだ。

福島は静岡県沼津市の愛鷹山麓柳沢にある山寺の住職になった。妙蓮寺と名前は立派だが、檀家十六軒の小さな寺だった。修行者の山籠りという感じだったのだ。彼自身は身のまわりを整えて再起を期すというような心情だったのかもわからない。

⒅切口をさらす刺身に箸刺せばどつとあふれる涙誰《た》がため

涙を流すのは自分のためである。切口をさらしている刺身も、彼自身だ。身のまわりのものすべてが無念の色に塗られている。そうしながらも、少しずつ彼は生活のほうに押されていくのだ。青春も終りにさしかかったのである。時の流れを誰も止めることはできない。しかし、相変わらず彼は壮年への道を歩むことはできないでいた。私もまたそうだった。

こんな宙ぶらりんな時期に、彼はいくつもの秀歌をものしている。この頃の歌も、私は好きだ。

酒飲んで涙を流す愚かさを断って剣菱白鷹翔けよ

戦わず怒らず叫ばず語らわずののっぺらぼうの二合徳利
死に至らぬ絶望それがおれたちの生活《たつき》酒場の勘定払う

青春と壮年との間の時期が白夜なのかもしれない。闇とも光ともつかぬ手応えのない空間である。そこからも歌が湧いてくる。二合徳利すらもが歌いだすのである。

泰樹百八首【その6】

⒆ああやけに明るい冬の川展け架橋よおれの隊なきこころ

私は何本もの川を渡り、成田空港へと車をとばしてきた。空港への黒いアスファルト道路は明るく広く、ひろびろとしていたのであった。路面には冬の明るい陽が跳ね踊っていた。

警備員に検問を受けている間、心の奥に疼くものがあった。私を問う声を聞いた。私は警備員にパスポートと航空券とを見せ、車のトランクルームの点検を受け、何事もなく通り過ぎていく。いつも同じ場所で同じような痛みを覚える。

どれだけの人が私と同じ感情を持つのか、私は知らない。誰の上にも二十年の歳月がひとしなみに降りかかった。そのことから逃がれることはできないのである。

飛行機は成田の大地を蹴って飛び立った。眼下一面冬枯れの野がひろがる。沃野は傷だらけなのがわかる。いたるところにゴルフ場が造成されている。この大地にも重い二十年の歳月が降りかかったのだ。

機が水平飛行にはいるのを待って現代歌人文庫のページを開いた私の耳に、およそ二十年前の福島泰樹の声が響いてきた。

直截な明日ねがわねど通勤の窓にみられて泣いている貌《かお》
朝そしてくらい時代の労働へどこへもゆかぬショルダーバッグ
ゆくえ不明の〈俺〉を探して三年ははや落日の川に来ている
一時期を生き抜くためにいくつもの貌もつことのわけて清しも

ゆくえ不明の〈俺〉を探していた時代もあったのだ。〈俺〉は発見されたのだったか、それとも行方不明のままなのか。行方不明のままでここまでやってきてしまったのだったか。さすれば私は何処から、そして誰から行方不明になったのであろう。

私たちは直截な明日をねがいながら、生活の糸に絡めとられて通勤し、窓で泣いていたのである。そのことは福島の歌を読めばわかる。歌はそこに、まるで石ころのように変わらず落ちている。雨が降ろうと、風が吹こうと……。

泣きながら、ここまでやってきた。泣きながら酒を飲み、泣きながら旅をし、泣きながら私はパリに向かおうとしているのだ。

当時の私がどうなりたかったのか、行方不明の私には記憶さえも曖昧だ。いや、当時の私にもわかっていなかったのだということが、今からではわかる。福島のいう冬の時代も、歌が歌えたのだからいい、ともいえる。歌にとっては、冬の時代こそ幸福だ。歌人には歌が湧いてきたのだが、本当に私はどうなりたかったのだろう。

労働を舞踏へ、と宮沢賢治が歌ったようにだろうか。だが労働とは〈くらい時代の労働〉であり、耐えるべきものであった。福島にしろ私にしろ、本当に耐えるべき労働をしたことがあっただろうか。浪漫の感情に突き動かされ、詩的放埒に身をまかせ、無頼の夢に彷徨していただけではなかったか。

無頼とは、回復が不可能なほどの代価を支払わねばならない。それでも、あくまで個人的な負債の領域にすぎないのである。

⒇しなやかな華奢なあなたの胸乳の闇の桜が散らずにあえぐ

私はこの歌が好きだ。しかし、完成度の高いこの歌よりも、殴りつけられたように歌われたがゆえに福島の情感を直截に表現したと思われる一首を、次に引用しよう。

シーツから立ちのぼる闇二年間きみを愛した嘘つきやがれ

この〈きみ〉とは、どのようにでも置き換えが可能なのである。この歌はあまりにも図式化が可能だから解釈はやめるが、ここでは当時彼にとって、いや歌人という存在にとって、定型がどのような働きをしてきたかということについて述べよう。

その前に次の歌を引用する。

ああ鞆子きみどこにいるこの冬はさびしかりしよシベリア寒波
ひとりする誤算ふたりでする午餐あわれなりけり冬の陽落ちよ
結婚と結核の朋　五月晴れさっきまでいた赤軍の朋

〈ああ鞆子〉の歌に、どんなレトリックが込められているのだろうか。磨きぬかれたどんな言葉が使われているのだろうか。はっきりいって、表現に見るべきものはない。〈どこにいる〉〈さびし〉〈シベリア寒波〉と、三題ばなしのように言葉をつなげただけである。それだけである雰囲気を持った歌ができてしまう。

〈ひとりする誤算〉と〈ふたりする午餐〉と、この二つの言葉の間にはどんな緊張関係があるのだろうか。次にくる言葉は、〈あわれなり〉と〈冬の陽落ちよ〉であって、読者を感動させるようなイメージの展開もない。

〈結婚〉と〈結核〉、〈五月〉と〈さっき〉と、この歌にいたっては語呂あわせで終始している。言葉遊びのおもしろさも多少あるかもしれないが、そこに必要な軽みがないために、どうもぎこちない印象を与える。歌人の身についていない。この時期の福島の作品は、彼自身の全体の作品の流れからいっても明らかに異質なのである。

私は別に福島の作品をおとしめるために書いているのではない。どんな状態であっても、定型が歌をつくらせてしまうということをいいたいのだ。

本来の福島にとって、この時期は失語症寸前ではなかっただろうか。散文書きの私なら、一編の小説はおろか、一行の文章も書けなかったかもしれない。一行が書ければ一編は書けるのだが、それ以前に何をどう書くのか闇の中を手探りするような状態に陥ってしまったに違いない。

高揚の後の挫折の季節も、そういつまでもつづくわけではない。否応なく日常の時間がしのび寄ってくる。表現者として、彼は解体の危機にひんしているのである。

しかし、定型がある。定型とは型であり様式であるから、約束ごとどおりに言葉を押し込めていくと、一定の歌が出来てしまうのだ。凡庸な歌人の多くは、このレベルにある。もちろん福島は本質的には明らかに違うのだが、この時期彼をかろうじて歌人たらしめてきたのが定型であったと、私は思っている。その作品がこうして残っているのだ。

表現者として解体されないことが幸福なのか不幸なのか、それはわからない。いつも厳然として定型はある。他のジャンルの表現者が沈黙を強いられている時、歌人たちの声がひときわ大きかったことは、歴史上で何度もあるのだ。それが短歌の強さであり、強いがゆえに弱点となっているのである。

その夜は雨アメリカの話して水割のんで満ち足らずおり
革命の核、角、飛車取り西瓜売り誰何《すいか》するのに返事をせぬか

(21)ヨルダンへ！　否デカダンへ下降する河かわりなく流れておれど

私はこれからパリ・ダカール・ラリーに出場する。パリからマルセイユまで走り、そこからフェリーでリビアのトリポリへと渡る。ニジェール、チャド、マリ、モーリタニア、セネガルとサハラ砂漠を横切る。一万四千キロ、二十三日間のサバイバルマッチだ。正直いえば、死さえも覚悟している。死と戯れているのである。

これまで二年間準備を重ねてきた。金も少なからずかかる。物質ばかりでなく肉体も、また精神も、熱砂の荒地で蕩尽する覚悟である。これをデカダンというのだろう。デカダンは酒場の薄暗がりにばかりでなく、また女の胸乳の闇にばかりでなく、三百六十度地平線の見えるあっけらかんと明るいサハラ砂漠にもあるはずだ。
帰ったら砂漠の話でもしよう。とにかく、本稿はパリに着きしだい投函する。

われの死と擦れ違いつつふれあいつ混沌としてありし火曜日
情念は暁の川　白い波　せつなく散っているさくらばな
暁闇をましろの澱み　傷つきし鶴ならいたわりぶかくもするを
明日《あした》のジョー昨日の情事蓮の花咲いてさよなら言いし女《ひと》はも
死ぬならば炎上の首都さもなくば暴飲暴食暴走の果て

泰樹百八首【その7】

(22)死ぬならば炎上の首都さもなくば暴飲暴食暴走の果て

いったい何をしたかったのだろう。あの頃を振り返り、また短歌絶叫コンサートをつづける福島を思い、私はくりかえし考える。よりよく生きたかったのだが、どう生きたかったのか。もちろん求めていたのは精神的な充足である。瞬間瞬間の充足を求め、行動の渦中には確かに充足の瞬間もあったにせよ、総体としてどうなりたかったのかわからない。当然ながら行動過程で見えてくるだろうという楽天主義はあった。こんなことを考えるのも、あれからずいぶん遠くまできてしまったからかもしれない。今にしても私は立ち暮れているのかもしれない。動きまわってはいるにせよ、二十年前にくらべれば行動半径は飛躍的に拡大してはいるのだが、何をしてどうなりたいのかわからない。私個人にしても、時代全体にしても、物質的にはくらべものにならないくらいに充足した。二十年前の私がタイムマシンなどを使って不意にここに現われたら、当惑のあまり厭世的になってしまうのではないだろうか。それとも物質の充足が快楽へと誘うだろうか。

充たされぬ飢餓感を抱えて街をギラギラと歩きまわっていたあの頃と何も変わらずに、旅をつづけているのではないかという気もしてくる。飢餓感は少なくともあの頃は鮮明だったのだが、今はそんな感情すらも朦朧としている。感情の起伏すらも扁平になってしまったのだ。そんな時代に歌を歌いつづけるとは、どんな行為なのだろうか。

雨に弾く一途なこころ連弾のバッハ爆発寸前の恋
戦わぬ負目腸詰砂袋くらきかなわれわが夜のジム

「炎上の首都」など妄想の世界であろう。戦争か天災でもないかぎり、首都は炎上しないのだ。首都を衣装にして生きる方法は、もはやデカダンしかない。暴飲暴食暴走である。個人的な世界に、すべては収斂されていくしかないのだ。

しかし、個も確かな砦などではありえない。政治行動の過程で個も完膚なきまでに瓦解させられてしまっている。いや川底の石のように個が残ってしまったのかもしれない。どうあっても個として生きていかねばならない。それがやっかいなのだ。

連弾のバッハすら爆発に聞こえる。雨の穏やかな風景に爆発せよと願うのだ。自分の身体が皮袋に肉を詰めた腸詰のように鈍重に思われてくる。その連想がボクシングジムのサンドバッグにつながっていく。歌人にとってはつらい時期の作歌である。言葉の連想が虚しく空転する。読者としては、こんな歌を読みつづけたいわけではない。

⑵3)月照りていたりしその夜僧坊に　蒼氓《そうぼう》決起の報は届かず

福島は静謐な境地に達する。私はこの歌が好きだ。どういう形で最初に私はこの歌と接したのかは覚えていないが、生きる上での力を与えられたことを覚えている。

殺気すら覚える歌である。静岡県沼津市の愛鷹山麓柳沢の妙蓮寺という小さな寺に籠り、夜に端座黙考している福島の壮絶な姿が浮かんでくる。暴飲暴食暴走と歌ったデカダン気味の福島ではあるが、法華宗の僧侶としての禁欲的な面もあわせ持っている。宗教者としてはいい瞬間だったのかもしれない。深い境地が見えはじめている。

再び私は第三歌集『晩秋挽歌』のしおりのために書かれた私自身の文章を引用する。妙蓮寺に移り住んだ福島にとって、最初の遠来の客は私だった。私は当時の福島の生活ぶりの証人となっている。私にとってはその頃の文章のほうが、当時を振り返って改めてつづるよりもより現実に近いと思われるからだ。

「ハヤの遊ぶ小川にかかった石橋を踏み渡り、やさしい黒土と苔とを踏むと、やや傾きかかった古い本堂があった。澄んだ読経が聞こえてきた。鶏が柿の枝に跳び、日溜りに影を投げた。土産の貧弱な塩鱒をさげたぼくは、黙って縁先にかけ境内の泰山木を見上げた。大樹は硬い冬の芽をつけていた。

夜の酒の席、奇妙に明るくなったぼくははしゃぎすぎ、〈泥凍田どぜう獲る少年足ぬきし穴に光るどぜうがいる〉などと歌の真似をして、顰蹙をかったりした。老婆が一人二人、台所の戸を開けては何かいってでていく。節句の寒行が毎晩つづいているのだそうだ。草庵は何やら生きもののにおいに満ちていた。と、夜気が微かに朧みはじめ、生きものたちの集まる足音とともに、本堂から大太鼓の賑わしい音が響いてきたのだ。菜畑のような古畳にすわり、背中の丸くたわんだ老婆たちの後で壁にもたれかかり鍛えぬかれた法華経を聞いていることは、ひどく心地のよいものだった。拍子木を打ちながら行列をつくって集落をまわると、凜と澄んだ夜気が胸にしみる。草木の凍りつく気配。境内に戻り白い着物に換えた福島上人は、こんこんと湧く泉のほとりにかがまり、老婆たちのかまびすしいお題目と団扇太鼓とに包まれながら、セルロイドの洗面器で水をかぶった。何杯も何杯もかぶった。老婆たちの切ない心情の高まるただ中に、ぼくはいた。水の中の横顔が眩しかった」

この見聞と、実際に文章が書かれた時とは、私自身の暮らしも大きく変わってる。福島の寺に訪ねた当時の私は東京で寄る辺のない暮らしをしていたのだが、この文章を書いた時の私は故郷の宇都宮に帰って市役所の職員をやっていたのである。身すぎ世すぎのためとはいいながら身にそぐわない暮らしをせざるを得ない私の、福島の生き方に対する一種憧れのようなものが、この文章から立ち登ってくる。地方公務員にくらべれば、僧侶のほうがよほど自由に見えたのである。

この頃の歌の中には、私の愛唱するものがいくらでもある。

蝉時雨やがて豪雨のすぎしことい坐しておれば昨日《きのう》のごとし

少女おんなとなりしかなかなかなしくて季節おくれの桃食っておる
赤裸々に自己のおもいを告げたあと晩秋の店あら煮食いおり
悲しみの落ちてくるよなこの庭に死すべし死なずさぶがりておる
落葉焚き一日《ひとひ》は終わる井戸に顔洗いし月の冴えかえるころ
酒滾るまで沸かしけりくるしけりおれの半生　反省せぬぞ
渓谷はかなしかりけりこれからを流れるようなひとりとなろう

書き写すペンの先から、当時の心情がまざまざと甦ってくる。東京にいてどうやって生きたらよいかわからなかった私に、福島は自分の弟子になれといったのである。歌のではなく、僧侶の弟子である。本山で何カ月か修行すれば僧の資格はとれる。そうすれば地方の無住の寺に住めるというのだ。

生きていける。生きる場所がそれでできるのである。私には魅力あふれる誘いであった。

「季刊月光」（彌生書房）一九八八年一号〜七号

書くという浄化作用——福島泰樹『退嬰的恋歌に寄せて』

書くということは浄化作用を持っているなと思ったのだった。崩れようとする個を最後に支える力があるのだな。果てしなく拡散しようとする情念の運動を強引に定型の中に閉じこめ、また、畏縮しようとする駄目な心をくきやかにひろげるバネが、言葉の持つ力なのだな。

「退嬰的恋歌に寄せて」とは、これ以上退がれない場所にかろうじて踏みとどまり、恋歌を歌いあげるという意味だろうか。

一首一首むきあうようにして読みすすめながら、崩壊の淵に立つ福島泰樹の相貌が浮かび、危機に瀕して剃刀の刃渡りをする力強くしなやかな足取りが、また浮かんできたのだった。そして、歌は里程標のようにしっかと彼を支えているのだ。物書きと作品との幸福な関係だといえる。

刺殺そのほかさまざまの〈死〉をおもいつつ夏　欲情はあおきたゆたい
椿事そのひとつひとつは看破られ　きみ透明の傘さしてくる

不器用といえばそうだ。巧いといえばそんな気もしてくる。感じられるのは、この中に籠められた断念の深さだ。女がさす透明な傘が、椿事をひとつひとつ看破られてきた男の、取返しのつかない無念な内面を表わしていて見事だ。あっけらかんとさしてきた女のビニール傘が、男の汚れを鮮明にする。女はいつも男を追いこんでいく。

彼に数多く見られる断念を前面にだした歌よりも、数倍鋭く感じられる。同歌集におさめられた次の一首とくらべてみよう。

勝ちて還るとはおもわざりしをぬるま湯に人を傷《あや》めし掌を洗いいる

悪い歌ではないが、肩に力がはいっている。作者の心情が直截に突き刺さってくるが、これによりこぼれるものの量をぼくは思ってしまうのだ。

同時代に生きるものへのいとおしみとでもいおうか、彼の歌は同世代への呼びかけのかたちをとる。だからぼくなどにはよくわかる。痛いほどわかる。その上で、共感と同時に、等量の無念さを共有する。もっと先だ、もうひとつ先だ、と声をかけたくなるのだ。

「週刊読書人」一九七八年六月二十六日号

飛ぶ鳥も——福島泰樹全歌集『遥かなる朋へ』

いかに泰子、いまこそは
しづかに一緒に、をりませう。
遠くの空を、飛ぶ鳥も
いたいけな情け、みちてます。

中原中也の『時こそ今は……』の一節だが、福島泰樹が詠むとつぎのようになる。

飛ぶ鳥も遠くの空へむかうゆえ一生一緒に居て下さいな
ああ此処に居て下さいな花も髪もそこはかとない気配に満ちて

読みくらべるならば、中也と泰樹の資質がいかにちがうかわかる。中也は情感をこめて女に語りかけているが、泰樹は場面をもう一枚めくり、切々と女に語らせている。豪気な泰樹が女の耳元で中也のように囁く姿を想像すると、何となくうさんくさい感じがしてくる。どうしても女の口を借りねばならない。かつての福島泰樹なら、隣にいる肉感をたたえた女をなぶり、自分の情念の火の壺に投げこんでてくる言葉を詠んでいたはずだ。たとえば次のように。

不貞のきみをなぶりしこの掌洗わずに魚拓のように汚れて帰る

いい歌だ。しかし、先の新しい二首とくらべれば、抒情の質が違っている。微妙な変化が訪れたのだ。福島泰樹の歌は、声高にことあげする時も、茫々とした無念の内面を表わす時にも、ほとんど暴力的なまでに言葉が迸ってきた。エネルギッシュではあるが、細部にまで眼くばりがきき、硬質の抒情をかたちづくってきた。そこが同世代の多くの内向的な歌人たちとは決定的な違いだった。彼も自覚的であり、ことあるごとに同世代の歌人たちに対し攻撃的になったりした。

ここでまたいっそうの眼くばりが届くようになったのだと思う。「不貞のきみ」だけではすまなくなった。不貞を働いて彼と逢引をかさねる女は、生身である。一方的に彼になぶられているわけではない。彼をなぶりもするのだ。不貞はおたがい様だ。時として憎悪もあるだろう。生身の女の存在がこちら側にはみだしてくる。つまり、短歌特有の一人称だけでは手におえなくなった。

世に隠れて密会を重ねている女に、「一生一緒に居て下さいな」といわれたらどうしよう。花も髪もそこはかとない気配に満ちた中で、「ああ此処に居て下さいな」といわれたら何と応えよう。

「魚拓のように汚れて帰る」だけではすまなくなる。たとえば小説ならここからはじまる。はじまったら、行けるところまで書いていくのだ。作品の成功も失敗もどこまで行けるかにかかっている。

ぼくは福島泰樹の女の歌が好きだ。独得の色気がある。脇に女を置いて詠んでいるのではない

かと思わせるような臨場感がなかなかの迫力だ。

しなやかな華奢なあなたの胸乳の闇の桜が散らずにあえぐ

髪乱れみだれる息の肩越しに朦朧として山河はありき

目を病みてひどく儚き日の暮を君はましろき花のごとしよ

人生の元手をずいぶんと使ってきたな、いくら書いても取戻せるものではないな、と悲しくなる。もちろんいい作品をつくりたいから元手をかけるのではない。生きるということ自体が切ない元手なのだ。毎日毎日の出来不出来を積んでいくうちに、皮膚を破ってくるように歌が走ってくる。彼の歌は肉体だ。腕力などではない肉の疼きなのだ。そこはかとない気配をもとらえる気息なのだ。

福島泰樹は三人称で詠まざるをえない場所までやってきた。困難な壁どころではない。私小説

的な伝統の短歌から、ほとんど未踏の淵に立っている。すぐれた作家の本来の姿だ。当然に苦悶がつきまとう。ここまでくれば破調すらも伝統的方法だろう。何でもやってみることだ。前掲の『中也断唱』は恰好の方法だと思う。中也の詩を借りて、視点の移動と拡大を徐々にはかっていく。刮目すべき達成を示しつつあるのだ。もし一人称からふっ切れた短歌が出現すればすごいぞと、しんから思うのだ。

福島泰樹全歌集『遙かなる朋へ』（沖積舎）栞　一九七九年五月刊

悲しみは雲の色して

1

なにもして来なんだったがひたすらに吹き来る風に恕し乞うるも

人生は旅である。母の胎内から生まれてくる赤子がかぶってくる胞衣《えな》は旅笠で、手甲に脚半の死に装束もまさに旅姿なのだ。人は他界から旅をしてこの世に現れ、また他界へと旅立っていく。その日その時を生きていくことも無数の旅の連続なのである。

この歌は中原中也の詩「帰郷」を本歌取りするかたちで詠まれている。中也が「あゝ おまへはなにをして来たのだと……／吹き来る風が私に云ふ」とつぶやいたのを受けて、泰樹が歌ったものである。このふたつをつづけて読めば、詩人と歌人とがまるで膝つきあわせて会話をしているような具合だ。

歌集『中也断唱』（思潮社）は、七年の歳月をかけ、中也の詩を短歌に詠みかえた作品である。中也の魂が現代歌人の魂を揺さぶり、そのふたつがぶつかり跳ね、時に情感のこもった共鳴をしあって、短歌では近来まれに見る達成をとげている。

帰郷もまた旅である。中也の帰郷は深い断念の果てにくる追い詰められた行為だった。文学という放埒にのめり、青春をいたずらに燃やしつくして帰郷した青年を、お前は何をしてきたのだと故郷の風が問うのだ。何かしてもしなくても、どうせろくでもないことなのだと風に糾弾される。そんな帰郷をかつて私もした。

2

ああ此処に居て下さいな花も髪もそこはかとない気配に満ちて

歌集『中也断唱』の一首である。本歌集は福島泰樹の数多い集の中でも最も私の好きな作品で、どの一首を引用するか迷うほどだ。ここにとどまっている情感は何としたものだろう。少ない言葉でこれだけの表現ができる。

泰樹が向きあった中原中也の詩は「時こそ今は……」である。「いかに泰子いまこそは／しづかに一緒にをりませう／遠くの空を飛ぶ鳥も／いたいけな情けみちてます」。

中也の恋人長谷川泰子は、中也の友人小林秀雄のもとに走った。捨てられた中也はさぞやりきれなかったことだろう。中也無念の情景を泰樹は自らの無念として詠む。

悲しみは雲の色しておりたると語らん寒き三月も暮れ

疼《うず》くような言葉は、人生の元手をかけた果てにしかでてこない。歌も詩も、肉体的な存在感にあふれている。

伝統的な定型詩短歌において、定型の本質は「私」という一人称であった。だが『中也断唱』は、中也の詩を借りるという形式によって視線が拡大され、引用歌「ああ此処に……」は女が歌っているようにも読める。少なくとも泰樹のではなく中也の声で、三人称なのである。「私」の呪縛から解き放たれた三人称短歌の出現というところに、未踏の達成がある。短歌の可能性が開かれつつあるのだ。

3

あおぞらにトレンチコート羽撃けよ寺山修司さびしきかもめ

かつて私は角川文庫『寺山修司青春歌集』をズボンのポケットにいれて歩き、余白に自作の稚拙な短歌を書き留めたりした。寺山十代の第一歌集『空には本』の後記のこんな文章に、表現方法を持たない私自身の苦い若さを痛切に感じもした。

「のびすぎた僕の身長がシャツのなかへかくれたがるように、若さが僕に様式という枷《かせ》を必要とした」

定型詩発生の必然性をこれほど的確に語った言葉を私は知らない。私もまたのびすぎた自分自身の身長に手を焼いていたのである。

私性を拡散させて主体の変容をはかり、それを様式によって回収する。これが寺山にとっての短歌の方法であった。回収の様式を拡大し多様化したのが寺山における演劇や映画へののめり込みであるといえば、彼が三十代半ばで短歌への別れを告げたこともわかる。

最近、福島泰樹は寺山修司になり代わって寺山修司自叙伝を歌いあげ、歌集『望郷』（思潮社）を上梓した。追悼歌集といってもよいもので、寺山が捨てた歌への意志を受け継ぐべく、自らを鼓舞しつつ哀悼を送っている。『中也断唱』で始まった短歌の宿命としての一人称との格闘が、より過激に押しすすめられているといってよい。泰樹にとって短歌はすでに枷ではなく、自在な翼である。

4

別れとはつねかなしものよ断腸花　スキャンダラスな女友達

車で首都高速や東北自動車道をとばす時、私は『別離／短歌熱唱コンサート／福島泰樹＋龍』

（思潮社）と題されたカセットテープを聴く。ギター一挺《ちょう》抱えたシンガーソングライター龍と組んで、泰樹は短歌朗読コンサートをつづけている。生の叙情を運んでまわるのだ。

いつごろか短歌は活字で読むものになった。だが本来歌は歌謡であり、歌舞音曲と同じ芸事であって、少なくとも耳から伝達されるものだった。歌人は肉声を回復しなければならないという思いが、眠ったような歌壇にあって泰樹をよりラディカルにしている。

寺山修司も福島泰樹も結社に所属せず、保守的な結社制度を拒否した孤塁の歌人である。二人は表現されたものがすべてだという立場を頑なにとっている。表現者として孤立は当然なのに、内部に権威という権力構造を持った結社のほうこそが奇妙な光景である。

結社や歌壇などどうでもいい。ただ短歌表現を極めたいのだという泰樹は、活字媒体すら使わないですむ、観客と直接に向かいあう朗読という方法をとった。これほど直接的な行動はない。

ＬＰレコード『曇天』（砂子屋書房）も、私はテープに録音して車内で聴く。行く先々のライブハウスで歌人泰樹が包まれる熱狂とともに、私は高速道路を疾走するのだ。

「読売新聞」一九八四年九月五、一二、一九、二六日号

歌人との調和

福島泰樹は東京下谷にある法華宗日照山法昌寺の住職である。法昌寺は下谷七福神の毘沙門天をおまつりする寺でもある。

私は歌人福島泰樹との初対面の時、剃髪してある外見にもかかわらず、うかつにも彼が僧籍にあると知らなかった。彼は法華宗の少壮の青年増である。下谷の寺に生まれ、曲折はあったにせよ仏門には宿命的にはいっていったと思われる。

一九七〇年十一月、彼は生まれ故郷の東京を去り、沼津市郊外の愛鷹山麓の柳沢にある荒寺、柳沢山妙蓮寺の住職となった。檀家は十六軒しかなく、長い間無住の寺であった。まさしく草の庵である。

茫漠としておりたるに寒村の寺の男と言いし友はも

東京の路地裏で雲を友とする暮らしをしていた私は、柳沢に彼を訪ねたことがある。ちょうど寒行の時で、村の老婆を従え団扇太鼓をたたいて集落を一巡りし、信徒のお題目に囲まれながら彼は境内に湧く泉で水垢離を取った。また寺に近所の人たちを集めて法華道場とし、子供たちには寺小屋を開いていた。近隣の信頼は厚く、米や野菜や酒には何の不自由もなかった様子だ。自分自身のこれからの生き方を決めかねていた私は、僧としてひたむきな彼の姿にどんなに励まされたことか。

彼は宗教者として不思議な魅力を持っている。寒中に水垢離をする彼を村の老婆たちは切ないようなお題目の高まりを見せて取囲み、法事に出向いた家で彼は端座し凛々たる声で読経した。私は妙蓮寺信徒の襷をかけて法事先までついていったことがある。お坊さんとして若いながら風格があり、新宿あたりで飲んだくれた姿しか知らなかった私は、彼のもうひとつのというか、本来のというか、その顔に胸打たれたのであった。

彼は荒寺の住職となって二年後に、本堂の建築にとりかかった。風情があるといえばある草葺きの傾いた本堂を、檀信徒の寄付により一年間で鉄筋コンクリート造りの現代建築に建てかえてしまったのである。檀家十六軒の小さな寺が、彼がかの地を踏んでわずか三年で、すっかり生まれかわった。

村の灯りもやがて消えなむ月光にしたたか濡れてわが寺はある

一九七八年、彼は住職のいない東京下谷の日照山法昌寺に乞われて移ることになる。実家の寺と目と鼻の先の寺だ。柳沢の里人の惜別の情は深く、涙を流しながら別れてきたらしい。法昌寺は都心にあるが、建物の老朽はひどかった。ここでもまた彼は宿命的に本堂を建設することになる。億を軽く越える資金が必要で、素手の彼は檀信徒の人望を集め、四年の歳月をかけ苦労しながらも結局実現してしまう。

工事をしている間、私と彼はよく酔って深夜か明け方の建築現場に立った。月光に照らされた破風の曲線や、床材柱材の木っ端が散らばる本堂で、自動販売機で買ったカップ酒を飲んだ。そこで私は資金の困難のため建築半ばで中断されるかもしれないという話を聞き、酒を飲んでしまってたいして残っていないポケットを探り、寺に喜捨したりした。高橋三千綱もその場にいたことがあり、彼も酔った指でポケットを探った。高橋三千綱と私の名前は法昌寺門内の奉加板にのっているはずだ。

法昌寺の本堂、客殿、庫裡は一九八一年に着工し、翌八二年に完成した。支払いが残っていたため、落慶法要はその翌八三年末におこなわれた。

宗祖日蓮大聖人第七百遠忌、本堂、客殿、庫裡、落成慶讃、上行躰内毘沙門天王尊像開眼大法要は、華やかで盛大な儀式であった。きらびやかな袈裟に身を包んだお上人方の中で、福島上人は普段私などと無頼の巷を徘徊する姿からは想像もつかないほど毅然とし、勧請、方便品、讃歎、奉告文、自我偈、慶讃文、神訓等々、難しい儀式をひとつひとつこなしていった。全部で二時間かかり、その間私は本堂を埋めた檀信徒の間で窮屈に端座していたのだ。柳沢からきた人たちが目についた。

ああ今日も暮れてだだだんだだだだだと村に太鼓を轟かさんよ

私は寺の建築に協力したとして感謝状と記念品をもらった。近くの料理屋で祝宴を張り、また寺に戻ってしたたかに飲んだ。袈裟を脱いだ福島の顔こそ、私には親しいのである。午後一時にはじまった法要が、深夜になっていた。乱れかかった酒宴には、僧侶としての顔と、文学者としての顔と、二つの福島がいた。福島の内部ではその二つは調和しているのだろうが、酒の席では二つのグループがはっきり異物として並んでいた。鷹被りの四斗の酒樽がかなり減った頃、僧侶側と文学者側とどちらからともなく立上がり、向きあって肩を組み歌いだした。

「勝って嬉しい花いちもんめ。敗けてくやしい花いちもんめ。あの子が欲しい。この子じゃいらない。じゃんけんぽん」

子供のように大声で歌い、座にまじっている女性を取りあった。大の男たちが二十人ほどもそうやって一時間も遊んだのだった。

なにもして来なんだったがひたすらに吹き来る風に恕し乞うるも

福島の最新歌集『中也断唱』の一首である。中原中也の詩「帰郷」を短歌に詠みかえたものだ。何もしてこなかったわけではない。彼は本堂をつくりつづけてきた。七年の歳月をかけたこの『中也断唱』も、いかにも福島らしい独特の堂塔伽藍である。材料は木や石ではなく、言葉なのだ。私はこの連作を七年前から読みつづけ、歌集にまとまったのを再び通読してみて、ああまた福島は本堂をつくったなと思ったのである。

『中也断唱』の評判も上々である。版元の思潮社が中心になって出版記念会をしようということになり、私も発起人に名を連ねた。

当日、新宿ゴールデン街の裏と説明されていた会場がわからず、私は四十分も迷ってしまった。歌舞伎町一帯を駆けまわっているうちに知合いに合い、ようやく会場に到着することができた。出版記念会というから何となく酒を飲む会かと思ったら、朗読会なのであった。三百人ほどはいれる会場はすでに立錐の余地もなく、私は泰樹の熱唱が洩れてくる外で古井由吉氏や何人かと立っていた。

「ゴールデン街の裏というのはおかしいよ。ゴールデン街が裏なんだから」

「ヤクザの葬式みたいだな。焚火がほしいよな」

そんな会話を、ぼそぼそと交わしながら、ビルの下で寒風に吹かれていた。ガラスの内側の舞台で泰樹は黒い帽子に黒ブレザーに黒ズボンという出立ちで、シンガーソングライター龍のギターにあわせて高らかに歌っていた。会場は花束を持った女性であふれかえっている。私は柳沢での寒中水垢離の光景を思い出していた。彼が白い着物一枚になって境内の泉の水を洗面器にくんで頭からかぶると、取囲んでいた村の老女たちは泣きそうになってお題目を唱え団扇太鼓をたたいた。その夜ゴールデン街裏の会場も、宗教的な不思議な雰囲気を漂わせていた。こんな時にこそ彼の内なる歌人と僧侶とが調和するのである。

めぐり来よわれに月光月餅と遠ざかりゆく想い出のある

「すばる」一九八四年四月

その席にわたしがいない

最近福島泰樹は阿部出版より『絶叫、福島泰樹総集篇』という五百ページほどの大部の本をだした。福島の歌業二十数年が込められた本である。

自選歌三千首の一番はじめにあげられたのは、この歌である。

樽見、君の肩に霜ふれ　眠らざる視界はるけく火群ゆらぐを

処女歌集『バリケード・一九六六年二月』におさめられたこの歌には、青春の気負いが満ちている。樽見とは架空の男であり、すなわち歌人自身なのであるが、彼の行く手には火群がゆらいでいる。火群とは騒乱であり、すなわち希望であったのだ。

その希望に向かって、時には酔いどれながら大またで歩んでいったのが、福島には作歌をするということであった。その時々の歌が里程標のように残されているので、私たちは彼の想いのたけを知ることができる。

福島は若くしてその歌集に『エチカ・一九六九年以降』や『晩秋挽歌』などとタイトルをつけ、老成を望む心理を隠している。短歌というあまりにも古い伝統を持った定型詩がそうさせている

のかもしれないのであるが、同時に一方で火群のような情念を育ててきたのだ。その二つのベクトルへの往復運動が、彼にとっての作歌という行為なのかもしれない。

理由なき反抗理由なき日々の渚に立てば群れ飛ぶ鷗

最新歌集『さらばわが友』の一番最初の歌を読めば、彼の初期の青春歌集にくらべて抒情の質がずいぶん変わったことに気づく。反抗には理由があったが、渚に立つ日々には理由はない。そうして理由のない日々を送っているうち、生きるということは死者を送るということだと気づく。これは青春スター石原裕次郎の死への惜別の歌なのだ。

生き残るということは、恥をさらして生きつづけることであり、潔くこの世を去っていった死者たちを見送ることなのである。青春への絶叫をつづけてきた福島も、壮年の歌を獲得してきたようだ。生きるとは、一歩一歩と死に近づくことである。自らの死を、つまりすべての友を送る心を、この稀有な詩人はこう歌う。

その席にわたしがいない　夕暮れを紫煙くゆらせいたりしはずの

「短歌」一九九一年六月号

泰樹断唱

私の前に一冊の歌集が置かれている。『デカダン　村山槐多』と題された歌集は、福島泰樹第二十二歌集である。編集者、制作者、装丁者たちの熱意が感じられる、まことに仕上がりのよい本だ。しかも本文は、今時珍しい組み活字である。多くの人の思いがここに集まり、一冊が成ったのだという風情だ。

村山槐多といえば、泥臭いような絵と、心の中を開いて見せるような飾りのない言葉の詩と、二十二歳というあまりにも短い生涯を赤貧のうちに駆け去っていった印象が、なんとなく私にはあるばかりである。それと、短歌絶叫コンサートで福島泰樹が絶叫する槐多の詩と、自作の短歌が私の耳には残っている。いわば村山槐多の世界は、福島泰樹によって力づくで見せられたということになる。平成時代に五十九歳の歌人は、大正時代の十五歳の少年がまさに絶叫するようにして書く詩に、魅入られたというのだ。

何故なのか。

その謎は、もちろん福島泰樹の短歌の中に隠されているのだが、福島がスポットライトの中から暗闇の底の観客に向かって絶叫する時、それだけでほとんどの観客は納得してしまうのである。

詩歌は分析などではなくて、響きなのだ。魂へとまっすぐに届く響きなのだから、叫ばれた声を聞けばすべてがわかる。十五歳の詩人の言葉の響きは、時を超え、決して平穏の中に眠ろうとしない歌人の魂を揺り動かすのだ。

血染めのラッパ吹き鳴らせ
耽美の風は濃く薄く
われらが胸にせまるなり
五月末日日は赤く
焦げてめぐれりなつかしく
ああされば
血染めのラッパ吹き鳴らせ
われらは武装を終へたれば。

槐多のこの詩を読むと、私にはたちまち福島泰樹の処女歌集『バリケード・一九六六年二月』の歌が幾つも浮かんでくる。槐多は二十二歳で生涯を閉じたのだが、ほとんど同じ年齢から福島泰樹は歌いはじめたのである。

鯖のごとくカブト光れり　われ叛逆すゆえにわれあれ存在理由《レーゾン・デートル》
淫蕩のおぼえなければここぞ修羅　今朝流血に満身汚《けが》れ
花は地を飾れ　わが発つ明日あらば血を噴くためにあれ若き額《ぬか》
屈辱は忘れてならぬ花のように瞳《まみ》ひからせていたる晴天
はな吹雪まひるの酔いは鬱鬱とわれらほろびにむかう愉悦《たの》しさ

大正二年は一九一三年である。するとこの詩と短歌の間には、五十年以上の歳月が横たわっているということになる。一九一三年の詩人は、「われ叛逆すゆえにわれあれ存在理由《レーゾン・デートル》」という現代知識人の言葉を持っていない。ならばこそ、「血染めのラッパ吹き鳴らせ」と歌うのである。

青年にとって、時代はいつも変わらない。大正二年の二年前の明治四十四年一月十八日には大逆事件に判決が下り、幸徳秋水ら十二名が死刑になった。自由主義的なアナキスト幸徳秋水は、今日もってよくわからない事件に連座するかたちで、命さえも奪われたのである。幸徳秋水は明治天皇に直訴する田中正造の直訴状を、添削して浄書した、当時一級の知識人である。

日本軍が旅順二〇三高地を攻略し、ロシア軍を破って日露戦争に勝利したのは、明治三十七年（一九〇四）年十一月三日のことである。同じ月の十六日には、社会主義協会の結社が禁じられている。この年を境に、戦争に勝利した軍部はいわば有頂天になり、日本は軍国主義へと急傾斜していく。

軍国主義の色彩がますます濃くなった時代に、十五歳の詩人は「血染めのラッパ吹き鳴らせ／耽美の風は濃く薄く／われらが胸にせまるなり」と歌うのだ。この詩は徒《あだ》やおろそかで読まれたのではない。たとえ京都府立第一中学校の回覧雑誌にのったのだとしても、命懸けなのである。「血染めのラッパ吹き鳴らせ／われらは武装を終へたれば」と歌う精神と、「われ叛逆すゆえにわれあれ存在理由《レーゾン・デートル》」と歌う精神とは、時を超えても共通する時代認識から生まれたのである。

福島泰樹が歌った昭和四十一年（一九六六年）は、ベトナム戦争の最中であった。国の内外で反戦運動が起こり、早稲田大学では授業料値上反対・学生会館管理運営参加要求の全学ストライキが起こった。日本政府はアメリカによる北ベトナム爆撃を支持し、多くの人は日本がかつてのように軍国主義へと傾倒していく瀬戸際であるととらえられていた。全学封鎖になった早大闘争は、大学の自治を守り、自由な学園を守ろうという叫びであった。

バリケード築くこの手は凍てたるを　机に睡る卑猥なビーナス
流血はまぬがれぬゆえオルグ断つ　ただわが〈覚悟〉のみ確認す
レーニンよわがレーニンよポマードが溶けて眼《まなこ》に浸みていたるよ
眼下はるかな紺青のうみ騒げるはわが胸ならむ　靴紐むすぶ

全学生の討議によって決められたストライキであったが、学校当局が要請した警察機動隊によって、暴力的に封鎖は解かれた。学生の意思は、暴力によって圧殺されていったのである。挫折の果てには、デカダンの恋に沈んでいくしかない。

その時に、闘いに高揚している時とは別の歌が生まれる。私は福島泰樹のデカダンの気配の濃い歌が好きだ。

いきもののにおいするなり乱春の真昼けたたましき養鶏場

あじさいは雨に翳りていたるともよしや　ひとりのわれとおもうぞ

ひとり少女がおれに愛告げたることもうとんじ五月の陽は斑《はだら》なり

放蕩児たらむ　真赤な夕焼に嘘の涙を流してやった

村山槐多と福島泰樹と時代相をひきくらべ、デカダンへと沈潜しようとするその姿を見るなら、この詩人と歌人が同じような精神性を具有していることがわかる。福島泰樹は自己の若き日の姿を、村山槐多の生きる姿に見ているのではないだろうか。

だからこそ、こんなにも一瞬間にして魂が触れ合ってしまう。これは必然の出会いであるということができよう。

『デカダン　村山槐多』から作品を引く。

ああ春は花結びして紗に透けて露わな脚となりて僂や
「春三月縊り残され」リンネルの背広姿に黒い花散る
肺肝を披けばファシズム擡頭の爆発しそうな蜂の巣である
なけなしの赤を絞れば帝都いま焦げて廻れり血のラッパ吹け
デンキブランに痺れて帰る　官能の痛み切なき朝の山茶花
踊る人伏して泣く人孕む人　市場あふれて朝鮮は冬
女らのいとけなきかな奔放に生きしは井戸に投げ棄てられき
大正や貧しさゆえに墨東の鬱悒《いぶせ》し露地の奥に咲く花
そう妾《わたし》パン売る姐《おんな》　どろどろと蕩けるようなパン売る女
砂山に裸体を晒す身を焦がす　波濤に揺れる黒い鷗よ
いま俺は壊れた鞴《ふいご》ふうふうとわずかな風をひた洩らすのみ
そうだとも世界はあまくなやましく痺れるほどの快楽《けらく》に溢れ

第二次「季刊月光」（鳥影社）　二〇〇三年十一月号

希有な詩心と人間への愛

生きとし生けるものへの、ことにこの世を去ってなお魂を地上に残しているものへの、この人の情の深さは天地をも動かす力がある。そもそも和歌という詩型は、言魂《ことだま》の容《い》れ物であって、山河を慟哭《どうこく》させせずにはおかないものではないか。本書を読んで、私はまずそのことを思った。希有《けう》な詩心を受けとめた。

福島泰樹の文章を読んでいつも感じるのは、生者も死者も境界を隔てているのではないということである。詩の世界ではすべて同列で、すべてが生きている。短歌とはその境界に生きることであるのだ。

そうであるからこそ、福島はせっかくこの世に生を受けたのに、その生を漫然と浪費する人に怒りを向ける。車内で老人や病人のための「優先席」に平然と座り、ふんぞりかえっている若者を怒る。駅のホームにぺたっと座り込んでいる若者を叱《しか》ると、うしろから体当たりされたと、福島はいつか私に話していた。もし短歌をつくっていなかったら、うしろから体当たりする若者に福島はいつか殺されていたのではないか。

「むかしは誰でも、果肉のなかに核があるように、人間はみな死が自分の肉体のなかに宿っているのを知っていた。……それが彼らに不思議な威厳としずかな誇りを与えていた」

福島はリルケの『マルテの手記』をこのように引用する。ここに本書のテーマと、人の魂のことを考える歌人であり宗教者である福島泰樹の生き方が濃縮されているように思う。

私は福島が散骨や臓器移植に激しい怒りをぶつける気持ちがわかる。散骨についていう。

「死後までもなおあなたは孤独であることができうるのか。海山に骨を散らかすほどの孤絶を嚙《か》みしめてきたというのか。本当は死後もなお、誰かに想っていてもらいたいのではないか」

人間への愛をここまであからさまに表白する詩人はいない。本書を読み、私は何度も何度も、目頭が熱くなってくるのを禁じ得なかった。

敗北の涙ちぎれて然れども凛々しき旗をはためかさんよ
火群《ほむら》なす命脈《いのち》の秋をしかすがに天に慙《は》じずに生きてゆくにには
しろがねの夢よ、乳房よ、白桃よ、わが渺茫の山河をゆくに

『山河慟哭の歌』（佼成出版）「産経新聞」二〇〇四年

気高い精神に出会う

福島春樹著『祖国よ！　特攻に散った穴沢少尉の恋』

秋の知覧特攻平和会館にいった福島泰樹は、沖縄特攻で散華した一〇三六人の写真、遺書、遺品を見ているうち、穴沢利夫という人物の日記を掲載した黄ばんだ雑誌の切り抜きの前に釘付けになる。それが本書をめぐる七年もの旅のはじまりであった。

「夕べ、大平、寺沢と月見亭に会す。
憶良の『酒を讃へる歌』を思ひ出すなり。たまにはよきものなり。……」

穴沢少尉が十二名の隊員とともに亀山の北伊勢飛行場より特攻基地知覧飛行場に到着し、出撃命令を受ける。だが悪天候のために出撃できず、その晩月見亭で最後の宴会をしたのである。この宴席に出たのは、将校九人と下士官三人である。宴は九時過ぎに終了し、日記に出てくる寺沢軍曹等三人の下士官は、月明かりの中を連れ立ち、軍歌を歌いながら三角兵舎に帰っていく。九人の将校は町内の旅館に一泊したのである。

ここで福島はおさえ切れない怒りの心情を表わす。

「長谷川隊長以下、激しい死の訓練に邁進してきた十二名が、愈々出撃の時を迎えるに際し、その前夜を全員一処で時を同じくしていない、というところが気になる。将校と下士官の間には、越えられぬ一線が最後の最後まで引かれてあったのか。」

激しい情念の底に深い人間愛を抱いた福島は、特攻を志願して確実な死を前に様々な葛藤を乗り超えてきた若者たちは全員賞讃に値いするという思いが強いから、こんな組織の理不尽が許せない。肉親から離れ、恋人からの手紙を焼き、至純な一個の魂となって散華していく若者を極とするなら、現世のすべてが許せないのだ。現在の日本人のていたらくも許せない。

本書は文武精進をして死地に赴った二十三歳の穴沢利夫の面影を追い求め、その恋人伊達智恵子と会い、彼らの恋闕《れんけつ》な精神を知るたび、たった六十年ほど前の日本人の気高い精神に出会っていく。それとともに昔も今も変わらぬ組織の愚劣さと、現代の日本人の精神性の低さに、福島は苛立ちを禁じ得ずに次から次と怒りをぶつけていく。

穴沢少尉について知りたいと思った福島は、人を介して靖国神社に問い合わせると、プライバシー尊重を理由に出身地すら教えてもらえない。

連載雑誌「正論」編集部の尽力でわかった穴沢少尉の生家を、吹雪の会津に訪ねる。ここで奥州列藩同盟の旗のもとに官軍と最期まで闘った壮烈な会津藩を思い、福島の生まれた東京下谷の幕臣の彰義隊を思う。穴沢少尉の生家では、壁に大切に掛けられている額の「穴沢利夫命御遺品」の靖国神社の受け取りが、黒インクで印刷されている書類に青インクで書き付けていることに、怒りをこみ上げさせる。国事に殉じた御霊の軍服を受納した証ならば、墨書をもって清書すべきで、せめては黒インキで記述すべきではないか。遺族が大切に保管していた軍服を、福島は溢れる熱いものとともに抱きしめていう。

「これで穴沢さんに、お会いすることができました」

二十歳をほんの少しばかり過ぎた若者が、人を愛し、残された者も生涯彼を抱きしめている。穴沢少尉の恋人の智恵子に見せられた大切な遺品は、二本の煙草の吸いさしなのである。

「こともなげに別る、君とおもひしに町角にしてかへりみにけり」

穴沢少尉が日記に書き残した智恵子の歌が、なんともゆかしく思えるのである。

「夕べ、月見亭に会す」なる福島の歌を引く。

月見亭に会せし友や盃《さかずき》やたまゆら熱く濡れてゆくべし
漣《さざなみ》よ立つな別れてゆくからに花びらよ降れ春の盃
憶い出の器であれば慈悲ふかく葬りたまえ雲湧く果てに
人間の条理不条理吹き荒ぶ風ありしかば悲し弟
サルビアの花より熱く誇らかに散って此の身は君にあげよう
悠久や命を断ちて湧く雲の「運命」交響曲五番は聴かず
二つに裂いた柘榴のように実を散らし血を滴らせ飛び征きにけり

「週刊読書人」二〇〇九年九月二五日号「祖国よ！」書評

第二章

短歌絶叫

立松和平

言霊の力

立松和平

歌の力を信じる。肉声を信じる。

福島泰樹の短歌には、また彼の肉声が奔放に疾駆する絶叫コンサートには、私たちの魂を揺さぶる根源的な力がある。聴くという快楽を導き、同時に現在の私たちの在りようを暴力的に問い返さずにはすまさない無頼の力が、いつもいつも彼のまわりには働く。

言葉は生きている。昇華された言葉は魂と同じことだ。古来より人はそれを言霊と呼んできた。

福島泰樹短歌絶叫コンサート二十周年記念
「遙かなる朋へ」メッセージ　一九九〇年十二月二十四日　浅草公会堂

愛しておるよ酒をくだされ

冬の夕暮である。私は鬼怒川の土手の道を車で疾走していた。陽が落ちようとする一瞬、空気は澄み渡り、富士山が遠望できた。私の暮らす宇都宮からも、たまにではあるが富士が見えるのだ。夕陽に染まって今にもぼっと炎が上がりそうな赤富士である。

眼を東に転じれば筑波山が見える。反転して北を向けば、日光連山、足尾連山、高原山、那須山がキラキラと雪に光ってきれいである。枯れた葦に包まれた鬼怒川の川面は銀色に黒ずんでくる。

弁明をせまる電話のベルが鳴る嘘寝をきめておりし日の暮
吹雪せり窓の外にも情《こころ》にも愛しておるよ酒をくだされ

カーステレオのスピーカーからシンガーソングライター龍の声が洩れてくる。私はこのテープをいつも持ち歩き、部屋にいる時はラジオカセットで、車に乗る時にはカーステレオで聞いている。全首暗記するほどくりかえし聞き、「愛しておるよ酒をくだされ」のくだりでは決まって激情にも似た涙ぐましい気持になる。龍は福島泰樹の無頼に至る心情をよく音にしている。

私はアクセルを蹴り、黒い帯のようなアスファルト道路をたぐり寄せる。いやな用事をすませた帰路である。田舎の冬の夕暮はさみしい。静かに闇の落ちてくる景色の中で、私の心にも冥々とした暗澹がひろがってくるのである。

この十有余年、私は福島の歌に親しんできた。歌を活字で読んできて、いま音にしてその歌をふたたび聞くと、まるで別の表情を見せていることに気づく。福島が朗読するのと、龍が曲に乗せて歌唱するのとでも、艶や色あいがかなり違ってくる。短歌という韻律のリズムが、厳格な枠組みの中で不思議に輝いている。これは評論などで散文的には語れない、強い説得力である。短歌は音楽だということがよくわかる。いや、活字としての短歌に附随したものではなく、朗読や歌唱それ自体が独立した表現なのだろう。

福島の歌は呼びかけである。かつて架空の学生運動活動家樽見に向かっていた呼びかけが、同時代に生きる人たちへの呼びかけになっていった。だが時代が移るにしたがい、声を投げかけるべき相手は拡散し、見えなくなっていったのである。福島短歌にとっては危機的状況であったはずだ。だが、過激派の福島は、最も根源的な方法を見いだすのである。それが朗読会だ。眼の前の少数の聴衆に向かって直接呼びかける。福島短歌にとってのひとつの帰結点である。この短絡の仕方が、ラディカリスト、福島泰樹の面目躍如といったところだ。

だがそれも龍という感受性あふれる肉体があってはじめて可能なのである。もともと官能的な福島の短歌が、いっそう部厚い肉感を得てくる。
『中也断唱』の福島と龍のかけあいは美しい。中原中也の詩とその人を短歌に翻訳した『中也断唱』の作品群が、あたかも福島と中也の魂とがぶつかり跳ねてこすりあっているように、たくみに構成されている。かつてこんなことを誰がしただろうか。龍が中也になって「妹よ」を朗読する。

夜、うつくしい魂は涕《な》いて、
——かの女こそ正当《あたりき》なのに——
夜、うつくしい魂は涕いて、
もう死んだつていいよう……といふのであった。

ここで福島がこの詩から想を得た自作の歌をよむ。以後、交互に。

死んだつていいようと涕《な》く魂を労《いた》わりながら黎明を待つ

湿つた野原の黒い土、短い草の上を
夜風は吹いて、

死んだつていいよう、死んだつていいよう、と、
　うつくしい魂は涕くのであった。
空たかく吹く風さえもこまやかなわれの情《こころ》の驟雨にも似て
夜、み空はたかく、吹く風はこまやかに
　――祈るよりほか、わたくしに、すべはなかつた……

いかに泰子その前日はわけもなくただもうわれは雲雀であった
おみならよおん身おみなの名を呼ぶに友と逐電したる山茶花
頑ぜない身にも哀想つきぬゆえさきこよ咲きて散りゆけ早く

しだいに呼吸はたかまっていき、激昂して、最後は絶叫となる。中也の魂が乗移って龍は口寄の巫女になり、福島の歌もこまやかな夜風に磨かれて艶を帯びてくる。言葉は紙の上から遊離し、言霊となって闇の中をとびまわる。
聴き手も当然言霊に引込まれ、中也の肉声を聞く。直接的な関係である。元来歌とは魂と肉に

じかに結びついていたのではなかったのか。修辞ばかりが妖怪のようにはびこる文学に、肉体性を回復することが必要ではないのか。官能のない歌など、いや歌とはいわず文学など、薫りのぬけた匂袋のようなものではないか。

だんだん理が勝って文学がおもしろくなくなってくる気がする。そこで短歌のつくり手と受け手の直接的関係をつくり上げるとは、いかにも福島らしい過激さである。彼は苛立っていたのだ。ただ苛立っているばかりではなく、苛立ちをも武器にして突き破ってきた。それが歌の肉体性の追求であった。

中也の詩を借りて短歌的「私」の移動と拡大とをはかってきた福島は、やがて刮目すべき達成を得る。中也の心象がそのまま福島の短歌世界に寸分とたがわず重なりあう歌を歌うのである。「私」から離れられなかった短歌が、思いもかけない地点にでてしまったのだ。たとえば『中也断唱』のうちの「曇天」である。

少年の日もまたいまも黒い旗はためきもせぬ曇天の朝
落日の校庭に立ちおりしかど唯それだけの事にてありき
そしていま　なにも見えぬが中空に舞い入る如くなど想いおり

ある朝　僕は　空の　中に、
黒い　旗が　はためくを　見た。
はたはた　それは　はためいて　ゐたが、
音は　きこえぬ　高きが　ゆゑに。

みんなもう俺のことなどさむざむと旗あり旗がありし火曜日

かの時　この時　時は　隔つれ、
此処と　彼処《かしこ》と　所は　異れ、
はたはた　はたはた　み空に　ひとり、
いまも　渝《かは》らぬ　かの　黒旗よ。

せめて旗はためいてくれ落日の校庭に立ちおりたりしかば

中也の歌は龍が、福島の短歌は福島自身が歌いあげるのは、前述の「妹よ」と同様である。龍はギターとハーモニカを使い、哀切な抒情を編上げる。

「曇天」で気づくのは、そこに込められた詩心が、中也と福島ともうほとんど区別がつかなくなっていることである。中也の自由詩に、福島は定型詩の短歌をもって対し、定型という制約の中でむしろ自由にふるまってみせる。福島が中也に近づいたのではなく、二人の詩心がそれぞれの場所に留まりつつ互いに共鳴し、大きな円をつくっている。

中也の「曇天」がなければ福島もないと思われそうだが、実はそうではない。「曇天」の初出は季刊文芸誌『磁場』一九七七年十二月である。福島の第一歌集『バリケード・一九六六年二月』におさめられ、福島の出発点ともいえる歌を、「曇天」の最後の歌と併記してみよう。

一隊をみおろす　夜の構内に三〇〇〇の髪戦ぎてやまぬ
せめて旗はためいてくれ落日の校庭に立ちおりたりしかば

二首の間には実に十二年の年月のへだたりがある。これは青年から壮年へとなるに充分な時間であり、二首をくらべれば、福島の詩心の若さがよくわかる。福島は最初から完成された歌をもって登場してきたにせよ、私は修辞のことをいっているのではない。青春が無くなると同時に歌を詠めなくなる歌人が多いなかで、福島の歌心の若さと強靱さとは驚くべきものがある。

故人である中也の詩をもってきても、伝統的な本歌取とは違う。福島は出発点を忘れず、いってしまえば十有余年をかけてひとつのことしか歌っていない。それは福島がいうところの倫理学《エチカ》である。おのが生きざまを抒情しつづけてきたのである。それにしても福島泰樹よ、この十有余年、よくもひたぶるに無頼の心を研いできたな。先行きは暗澹としているにせよ、おのが生きざまを抒情するという、いうは簡単だが困難きわまりなく周辺では戦線離脱が目立つ中を、はらはらするような道を通ってきたものだな。そして、ただひとつ武器として残っている短歌にその時々を里程標のように支えられてきたのだな。

私は鬼怒川べりの夕暮の道を疾走している。カーステレオからは龍の切ない声が洩れてくる。吹雪せり窓の外にも情にも、と私も龍にあわせて歌う。愛しておるよ酒をくだされ。

LPレコード『曇天』(砂子屋書房)栞　一九八二年七月刊

無残の美

静かな雪の夜である。ここは山陰の松江、私はしんしんと降り積もる雪に閉じ込められている。駅前を一人でぶらついてみたが、とりたててどうということもなく、部屋に戻った。

雪の夜は淋しい。しかも、一人の旅枕、これまでの来歴が一挙に悔しみとなって襲いかかってきたりもする。酒を飲むでもなく、私はホテルの窓からネオンも沈みがちな夜の街を眺めている。私の部屋の窓から洩れる螢光灯の明かりの中をよぎる時、雪は仄かに銀色の輝きを放ち、また闇に包まれていくのだった。

奇妙に覚醒してしまったこんな晩には、私はいつも旅の空に持ち歩いている詩集を開くのだが、今夜は短歌を肉声で歌い上げるライブのテープをウォークマンで聴こう。歌人が自作を高らかに歌い上げているのだ。

「福島泰樹短歌絶叫コンサート」である。このテープはライブハウスで録音してもらったものだ。ヘッドホンをつけるや、私はたちまちライブハウスの熱狂の中にいる。

夕暮、中央線吉祥寺駅には勤めや学校帰りの人の列ができる。人々は、バス停に向かって先を争い、そこでもまた長い長い列をつくるのだった。バス通りに面した階段を降りると、ライブハウス「曼茶羅《まんだら》」がある。煉瓦を内装に使い、長い間煙草の煙がしみついて煤けた懐かしい雰囲気のライブハウスである。テーブルと椅子とが置いてあり、客がくれば折畳み椅子をならべられるだけ出す。

一九六〇年代後半、学生運動が高揚し、若者文化と呼ばれるものが華々しく活動する中で、ライブハウスはあちこちの街の路地の片隅にできたのだった。だがこの頃では経営が苦しいらしく、幾つもの店が閉鎖になった。「曼茶羅」はあの物情騒然とした時代から生きながらえている数少ないライブハウスのひとつだ。

階段を降りていくと、そこは空気がヒリヒリと震えているような六〇年代の雰囲気なのだった。ステージがはじまる一時間前だったが、フロアにはすでに客がいてビールやコーヒーを飲んでいた。客は別に六〇年代の人ばかりではない。ちょうどリハーサルがはじまるところで、バックバンドのミュージシャンとともに福島泰樹がステージに上がった。

「リハにはいります。お客様は聴かないふりをしてください」

演奏がはじまり、会場の薄暗い空気が震えだした。会場の片隅でオーバーの襟を立てウイスキーを飲んでいる男がいた。フォークシンガー友川かずきだ。彼は本日の出演者でもある。この店のマスター中野直志がカウンターの中から友川に話しかけた。

「子供が生まれたんですよ、この前」

「へえ、よかったね。名前は？」

「陽紗子」

リハーサルが終って歌人やミュージシャンがテーブルに戻ってきた。ドラムとパーカッションの石塚俊明、尺八と横笛の菊池雅志、ピアノとアコーディオンの永畑雅人である。彼らはすぐにウイスキーの水割りをつくって飲みはじめた。七時を過ぎると客がどんどんはいってくる。

「おう、久しぶりだな」

客の一人に福島が大声を掛けた。その福島に友川が笑っていった。

「声掛けないほうがいいんですよ。誰とも知らないふりをしている。客はみんな知合いだと思われちゃうから」

「クツワダのやつ、しばらく見ねえなあ」

「ドサ回りしてんだ」

「カラ回り」

「貧乏人のカラ回り」

「マサト、宿題やってるか」

「風呂はいってるか」

「はじまる前に喉涸れちゃったよ」

「ミタ、七時半にはじまりますって、みんなにいってくれよ。今はじめると、焼ソバの音がはいるから」

カウンターの中ではフライパンで焼ソバをつくっているのだった。若い女の子が二人はいってきた。みんなの視線がそちらにいく。

「いやいや、いちいち喜んじゃいけないんだ。ミュージシャンは毅然《きぜん》としてなくちゃあな」

「休み時間にみんなの名前と住所書いてもらってくれる」

「どうすんの」

「家に帰ってから、何人きたか数えるの」

「ぼちぼちはじめるかなあ。こんなことしてたら酔っぱらっちゃうよ」

「よしやろう」

福島を先頭にして彼らはぞろぞろとステージに向かっていった。ぱらぱらとまばらな拍手が湧いた。いつの間にか満席だ。第一ステージに出番がない友川と、私はウイスキーのグラスを重ねる。福島がマイクの前に立った。声量豊かな、音吐朗朗とした声である。福島のなりわいは僧侶で、声は読経でしたたかに鍛えてある。

「歌は歌われるものです。ワタシはこの十年間、歌謡の復権と肉声の回復をスローガンに、自作の短歌を朗読するステージ活動をつづけてきました。朗読とか朗唱といった枠をとっ払って、もはや短歌絶叫としかいいようのない新たなジャンルの誕生を体験しました。昨年はこのメンバーで北海道ツアーをしたり、七十ステージを踏みました。五日に一度コンサートをやってたわけだ。これからもガンガンやりつづけます。話はそのくらいにして、歌います。『覚《さとる》』」
福島は身体を少し斜めにし、顎を引き気味にして、ノートに眼を落とす。やや間があってから、スポットライトの中で福島は歌いだすのだ。

咆哮《ほうこう》し猿《ましら》のごときさびしさを撒《ま》き散らさんとしたるに母よ
窓枠の中に父、兄、弟とあまたの男い出て消えゆく
馬も木も人も魚《さかな》も鳥も草も愛《かな》しいといえば涙はひかる
母は地で稲を刈るかや弟は風の線路につっ立っていた

及位覚《のぞきさとる》は友川かずきの実弟で、放浪に明け暮れた詩人である。兄弟の生地は秋田県山本郡八竜村。覚の放浪は高校時代からはじまった。北海道に渡ろうとしたが金がなく、海に石を投げる仕事で稼いでから船に乗った。だが函館の警察に補導されてしまった。高校をでると北海道の牧場にいき、千葉の牧場にいき、それから四国のほうに渡ったらしい。

友川も鞄ひとつで上京し、工事現場を転々とした。気が向いたらノートに詩を書いた。友川も放浪詩人なのだ。やがて友川は飯場暮らしから足を洗い、川崎にアパートを借りた。覚も何処《どこ》からかやってきて、同じアパートに部屋を借りた。朝起きると、兄弟そろって工事現場のマイクロバスに乗るのだ。このあたりの事情を友川はこう書いている。

仕事を終え、一列に並んで金を貰い、アパートへ帰って来て安酒をあびる程呑んでゴロンと寝、また同じ朝だ。冷蔵庫もフトンも何も無かった。雨の降った日はどちらかが喫茶店へ行き夫々本を読んだり詩を書いたりした。誰からもどこからもはねっ返りのない生活と詩を抱え途方にくれ、酒を呑んでは荒れていた。自分の視点も生きる基盤も何も定まらぬまま覚を叱り殴りつけていた。否、意のままにいかぬ自分への不満を酒の力を借りて覚へ投げつけていたのかもしれない。そういう夜を何日も続け、覚はアパートを出て行った。一回目の蒸発だった。

(『生きてるっていってみろ』)

覚は何度も姿をくらますことをくりかえした。蒸発した覚の部屋を友川がのぞいてみると、乱雑に散らかった本の間に、ダンボール箱一個ほどの原稿用紙とノートが見つかった。そこにはおびただしい詩が書いてあった。詩を書いてしか生きられない人生だ。痩せた身体には淋しい詩がいっぱい詰まっているのである。

弟の孤独なおびただしい詩は、及川にとっては、兄弟でもわかりあえない悲しさの証明だった。書けば書くほどどうしようもない淋しさを身の内に抱え込んでしまう。文学は浄化作用《カタルシス》なんかじゃない。

覚は一九八三年十月に鉄道自殺した。自分の人生をそのようにしか表現できなかったのだ。友川かずきは他人の分までも淋しさを抱えたまま死んだ弟を切々と歌う。

その死は実に無残ではあったが
私はそれをきれいだと思った
ああ覚　今木蓮の花が空に突き刺さり
哀しい肉のように咲いているど

阪和線富木駅南一番踏切り
枕木に血のりにそまった頭髪が揺れる
迎えに来た者だけが壊れた生の前にうずくまる
父、母、弟、兄、であることを泣く

その死は実に無残ではあったが
私はそれをきれいだと思った
ああ覚　そうか死を賭けてまでもやる人生だったのだ
よくぞ走った走ったぞ無残の美

（『無残の美』）

この会場には労働に疲れた覚が透明になって立っていた。不器用にしか生きられなかった男だ。その男を会場の全員が共有する。

永畑雅人のピアノが鞭のようにしなやかに弾む。石塚俊明のパーカッションが鋭く打ち込まれる。菊池雅志の尺八が風のようにむせび泣く。及位覚という見たこともない放浪詩人の風貌が、友川かずきと重ねあわせてありありと浮かんでくるのであった。

これだけの世界を、福島は短歌を肉声で歌い上げるだけのことによって、濃密に表現してしまうのだ。彼は歌いつづける。

青春はふりかえらぬが滔滔《とうとう》とワルツのように流れゆくのだ
ゆらゆらと揺れているのは魂の墓標か馬も人も犬らも

雪に煙る野をつっ走る弟は兎よ痩せた驢馬《ろば》は父上
弟は兎かならばおれは鷹　顔をびゅんと上げ翔けてゆく虚無《そら》
罐詰のたっぷりはいったライスカレーをサトルの膳に添えてやるのだ

短歌は本来一人称の「私」を歌うものであった。徹底して自我にこだわり、「私」という眼から離れられないものであった。福島の短歌は、一人称から二人称、三人称へと自由自在に飛びまわる。「私」へのこだわりを捨てた時から、短歌の持つ秩序と拘束から自由になった。

福島の短歌は物語である。肉声を媒介にしているからパフォーマンスであり、それゆえに演劇的である。近代の短歌から音楽性が失われていたことを、彼のステージは雄弁に示す。

彼の世界の根底にあるものは、男の抒情であり、清《すが》しきリリシズムだ。そして、何よりそのステージにはパワーがある。輪郭の正しい人生というやつが何ともいえない味わいで迫ってくる。

第一部のステージが終り、再び片隅で酒盛りだ。舞台から降りた連中はタオルで顔の汗を拭いている。客席も緊張からすっかり解き放たれている。

「もうはじめようか」

いくらも時間がたたないのに福島がいいだし、友川があきれたというふうに顔を左右に振った。

「まだですね。それじゃ早漏じゃないですか」

「帰られるといやなんだよ」

「演奏の最中は誰も帰らないよ」

「帰るなよ」

コートを着て立上がった女性に、福島が笑いながら声を投げた。

「今電話したら、こっちにこいっていわれちゃって。主人と待合わせたのに、会えなかったんですよ」

女は焦った様子で弁明し、福島は同じテーブルのみんなにシャツを引っぱられた。

「打上げどうする」

「朝まで飲むさ」

「友川、明日は?」

「うん、土方」

詩集をだし、絵の個展を何度も開いた友川は、毎日マネージャーと一緒に工事現場で働いている。マネージャーと一緒に土方にいく。明朝も酒臭い息をはいてマイクロバスに乗り、二人揃って現場でみんなに嫌がられるのだろう。

第二部のステージがはじまった。今度は友川が中原中也未刊詩篇の「坊や」に美しい曲をつけて歌うのだった。活字で中也の詩だけを書くのはもどかしいほどに、友川の名曲である。

山に清水が流れるやうに
その陽の照つた山の上の
硬い粘土の小さな溝を
山に清水が流れるやうに

何も解せぬ僕の赤子《ぼーや》は
今夜もこんなに寒い真夜中
硬い粘土の小さな溝を
流れる清水のやうに泣く

母親とては眠いので
目が覚めたとて構ひはせぬ
赤子《ぼーや》は硬い粘土の溝を
流れる清水のやうに泣く

いまだに愛誦されつづける中原中也の作品のうちでも、この「坊や」はそれほど切れのよいものではない。だが友川の手にかかるや、こちらを打ちのめすほどの強い抒情に満ちてくる。

中也は二十七歳で長男文也を得た。子供がいとおしくてたまらない愛らしい中也がいる。だが文也は翌年他界してしまう。中也は次男愛雅《よしまさ》を得るが、この子も中也の死後、後を追うようにして死ぬ。

そういえば今年一九八六年は中也没後五十周年だ。この秋、このメンバーは中也の故郷山口市に呼ばれて短歌絶叫コンサートをしにいく。

泰樹も「坊や」を歌う。中也の魂とかずきの魂とに、自分の魂をくっつけこすりあわせるようにして歌うのだ。

ああ風がわが渺茫《びょうぼう》の悲しみを吹きゆけりぼうや大きなぼうや
空に雲雀が啼くわけはない真夜中の坊やよ父が傍に居るから
俺の傍《かたえ》に眠っているになぜにまた夢にあらわれいでたる坊や
坊や坊や　やがて別れてゆくからに夢の中でも抱き締めてやる
月の河原に文也とぼくと愛雅《よしまさ》と骨のようなる石積んでいる

短歌絶叫コンサート　「サンデー毎日」

ソフィアの秋の短歌絶叫

国際作家会議が開かれたブルガリアのソフィアで、世界中からの五十人の詩人により、一夕詩の朗読会がもたれた。私は会場のソフィア文化宮殿に一歩足を踏みいれて驚いた。会議場や展示場があちらこちらにある贅をつくした豪華な建築もさることながら、四千人収容の座席がほとんど埋まっていることが、驚きの原因だった。大群集は充ち足りた表情で静かに談笑しながら、幕が上がるのを待っていた。

私がまず思ったのは、詩人や作家が人々の深い尊敬を集めているということだ。日本とは格段の違いである。それは、とりもなおさず、詩人や作家がそれだけのことをしているというわけだ。いつか、詩人や作家は炭坑に置かれたカナリアだという議論があった。坑内にガスが発生して異変が起きれば真先に死ぬのがカナリアである。炭坑のカナリアとは、危機予知のセンサーなのだ。日本で聞けば一般論のような感じがするが、ここ東ヨーロッパでは現実感がある。

つまり、詩人や作家が、危機のセンサーであるということは、民衆にさきがけて真先に投獄され、真先に死ぬ、闘う存在なのである。彼の言葉は震えるほどに時代を感じる。だからこそ尊敬される。文学をするとは、本来死と隣りあわせの行為なのだ。時代はどう変わるかわからず、社会はつねに生贄の山羊《スケープゴート》を準備しておかねばならない。この生贄の山羊を志願したのが詩人や作家なのである。

ソフィア文化宮殿の落着いた熱気をはらんだ会場で、私はこんなことを感じた。しかし、これは私たちの社会では、何処か真実味をともなわず、きばってるねと野次のひとつもいれたくなるだろう。パロディーの餌にしかならないのである。実際、それだけのことしかしていないのだから仕方がない。

幕が上がった。熱狂的というのではないが、期待に充ちた控え目な、だが力強い拍手が湧いた。舞台には五十人の詩人がならんでいる。わが友福島泰樹もいる。おそらく短歌の朗読に国際的な舞台が与えられたのはこれがはじめてではないか。私はソフィア大学文学部日本文学科の主任の助教授シルビア・ポポアさんとならんでいた。私らの列にいるのは、日野啓三夫妻、島田雅彦である。日野さんは前々日過労で倒れ、前日まで入院していたのだが、福島が心配だからと無理を押してきたのだった。日本の短歌がこんな大舞台で通じるのかどうかと、観客席にいても本当に心配なのだった。

三日間開かれる第六回国際作家会議の初日のこの日、開会式をすませてワインを飲みながら昼食をとっていると、ポポアさんが今夜朗読会があるからこれを写してくれと福島にノートを見せた。作品が前もって提出されなかったので、ポポアさんのほうで五首選んだというのだ。

朗読する作品には流れがなければならない。五首なら五首の物語があるはずなのだ。福島としても、五冊の歌集から一首ずつ選ばれても困るだろう。歌は歌われなければならないというのが彼の持論だ。肉声の回復というテーマをかかげて、彼は「短歌絶叫コンサート」を全国でやりつづけている。歌は意味ではなく、音なのだ。したがって翻訳する必要はなく、音として聴いてもらえればよい。

だがポポアさんは意味がわからなければ通じないし、これから新しい歌の翻訳は間にあわないと、うっすらと涙さえ浮かべるのだった。彼女の立場というものもあるだろう。涙にほだされたのか、福島は自分を引っ込め、いわれたとおりにしますと頷いた。

情念は暁の川　白い波　せつなく散っているさくらばな
うばうことのみをもとめるわれのためいたわり深く目を閉じるのか
雨はやんだやがておもたい夕暮が提灯もさげずまたやって来る
万物は冬に雪崩れてゆくがよい追憶にのみいまはいるのだ
飛ぶ鳥も遠くの空へむかうゆえ一生一緒に居て下さいな

以上五首はすべて恋愛の歌である。彼の作品に多いデモの歌は一首もない。人間同士を結びつけるのは主義ではないのだ。

朗読会がはじまった。いずれ劣らぬ一流の詩人なのだろう、意味はわからなくても、音律は素晴らしかった。どの言語にも特有の品格があり、柔らかなのも硬いのもあるが、それぞれの表現をした音楽だった。美しかった。

だがその音楽の上に、強い調子のブルガリア語がかぶってしまうのだ。これが意味というやつだった。一人あたりの制限時間三分を次々と消化していくために、美しい音律に容赦なく意味がかぶってしまう。戸惑っている詩人も、抗議の姿勢を示すため自作を読まず目をつぶって立っているだけの詩人もいたが、多くは与えられた形式を使って誠実に朗読していた。観客席にいてももどかしいかぎりだった。

福島の順番は最後だった。やっと順番がまわり、福島はステージの中央のマイクの前に立った。どういう装置なのか、彼の表情がステージの壁の上のほうに大写しになる。

いつもはバックバンドがいる。ドラム、パーカッション、ピアノ、笛の仲間がいるのだが、その日は一人だった。「情念は暁の川……」と彼は歌う。間を置くと、すかさず男の太い声で意味が追いすがってきた。彼は唇を結び上を向いたままだ。その表情が壁に大写しになって会場中に見える。彼も意味に抗議しているかのようにも見えた。

意味が流れ終ると、彼の「歌謡の復権・肉声の回復」がはじまった。ほんの数首の絶叫コンサートである。暴力的な肉声が四千人の胸に突きささった。
さなり十年、そして十年ゆやゆよん咽喉《のみど》のほかに鳴るものも無き
彼は最後に一首を加えた。身体を弓なりにそらし、腹の底から絶叫したのである。嵐の拍手だった。たった六首を朗読しただけで、彼は国際会議でナンバーワンのスターになった。行く先々で金髪美女からサイン責めになり、第六回ブルガリア国際作家コンクール詩人賞を受賞した。
あの三分間はまるで奇蹟のように思える。

「群像」一九八七年三月

茫漠山日誌

茫漠山日誌　壱

故郷《ふるさと》は晴天にしてきききと淋しき鳥がさえずっていた

八月十四日。『続中也断唱』脱稿。九月中には刊行します、思潮社の小田久郎さんは、そう言って微笑した。

十代で都会の闇を知悉したダダと出会ったかぜ吹くな風

八月二十三日、短歌絶叫のマネージャー美田さんと車で沼津の書店マルサンへ、懐しい村の人々と再会。サイン会終了後、実行委の浦辺諦善君らと牧水ゆかりの千本浜で一杯やりながらコンサートの打ち合せ。沼津柳沢は私の第二の故郷だ。ここで私は『中也断唱』を書きはじめ、短歌朗読のステージ活動を開始した。

泣くな心よ！　また十年の歳月がジエッタのごとく過ぎゆきしかな
正装をしてあらわれし幾人《いくたり》の顔にむかって涙《なんだ》している
牧水が涯《は》てし歳《よわい》となりにけりリングに揺れる酒袋われも

八月二十九日渋谷ジアン・ジアン、九月四日沼津市民文化センター、七日上野水上音楽堂、十七日吉祥寺曼荼羅、二十四日秋田能代工業高校、二十五日盛岡四家教会でのコンサートを終えると、いよいよ十月三日は新宿安田生命ホール〈中原中也よ！〉、そして十一日には、山口市民会館大ホール、中也の故郷山口市主催の〈中原中也没後五十年祭〉、大岡昇平氏の講演のあと、私は中也絶叫コンサートに出演する。

花咲かせたきを鶯　梅の木も記憶の川を流れゆきにし
咲かすべきなにもなければもうもうと火鉢の灰を撒き散らすのみ
振りむくな黒いマントよ　ああそして茫々として煙る遮断機

茫漠山日誌　弐

十月十一日、山口市民会館大ホール、中原中也没後五十年祭。大岡昇平氏の講演に引き続き、私の〈中也絶叫コンサート〉。この一年、この日にむかって私は一〇〇ステージのコンサートを重ねてきた。三六〇〇枚の耳たちが静粛する。

さなりさなりさなり寂しき日の暮を赤西蠣太が燈すカンテラ
広小路の通りを曲りゆきしかな霧もうもうの後姿や
名を呼べど振り向きもせずぬばたまの霧のマントを纏いてゆきし
父謙助危篤の報も泥酔の極みにあらば泣きて聴くのみ
烈風の夜汽車に乗りて帰郷せしはかの「氷島」の蒼白き顔
酔い痴れてほろほろ鳥となりにけり今朝咲く青き花捧げんに
故郷の小川の淵にわれやわれや立ち尽すかな骨となるまで
遮断機の先には空があるばかりあおき山河を駆けてゆきしか
ここまでは歩いて来たが遮断機の先には雨が降りしきるのみ

十月十二日朝、碑前祭で中也の詩「帰郷」を朗読、中也実弟拾郎氏のハーモニカ「朝の歌」に泣いてしまう。ミュージシャン、スタッフ一同、中也の墓を詣で解散。友川かずきらと、長門峡は中也ゆかりの洗心館にて酒を酌み交わす。五十年はたったのだ。長門峡は雨……。

吉敷の饅頭を食い酒を飲み　中也の墓に歌うたいけり
曼珠沙華に首なかりせば秋深き身に蕭々と降り注ぐ雨
とうとうと水は流れて長門峡　蘆溝橋の灯やゆらめきやまず
永定河西岸を渡りゆきしかな　わが友さらば水や流れる
他界にも水は流れてありにけり搾る涙の銀の夕暮
とっぷりと暮れゆくまでを電線はひねもす空で歌うたいけり
げにさばかりのことにてあるを滔々と水は流れて尽きることなし
昭和十二年十月念二わが夢も蘇州を渡りゆきてかえらず

上野で立松和平と待ち合わす。ヘルシンキで一泊。明日はブルガリア、国際作家会議に出席し、短歌を絶叫してくる。

わがグラス騒立つなかれ独り酌む黒海くれてゆく過去がある
ヘルシンキ空港はしもぼうぼうと煙る驟雨の只中ならん

茫漠山日誌　参

カムチャッカ海峡をしも過ぎる頃　啼かない鳥となりて候

十月二十六日午后、フィンランド航空のファーストクラス。同行の作家立松和平は、栗色の髪の毛のまぶしいスチュワーデスとグラス片手に談笑している。

文盲となりてさみしく向い合うコップの中のさむき雷《いかずち》
かぐわしきワイン零れていつしかや雲の割れ目を漂いにけり

二十七日、午前二時、眠られぬままホテルの窓から市街を見下ろす。白夜のほのあかるい霧の中を、女が歩いてくる。

街路樹の火影を歩みゆくおんな霧のホテルの窓より眺む
ヘルシンキ雨の走者や嗚呼そして恙無かりきわが四十年《しじゅうねん》
人間機関車ザトペック　ああ暁の地平を燃えてゆきて帰らず
その頃よ四十二歳の父上がゲートルを巻き痩せて帰り来

二十八日夕、ソフィア文化宮殿、すでに四〇〇〇人の聴衆がつめかけている。各国代表五〇人の詩人が自作を朗読するのだ。――最後に私の番がやってきた。威勢よく席を蹴った。体をおもいっきり反らし絶叫した。あらしのような拍手、グラッシャス！　私はもみくちゃになる。短歌絶叫が、国境を越えたのである。

げに昨夜なりけり霧のもうもうとふかければ哭き叫び吠《おら》えにき
個と衆と公と私と文学論たたかわせしが真夜《まよ》の霧はも
みなが笑いの渦に溢れてゆく朝を笑わずにおり歌は滾るを
ようやくに真人間にぞなりにけり郭公しげく啼きいずる午后

Peace――the Hope of Planet、六〇ヶ国二〇〇〇人の作家を招集し首都ソフィアで三日間にわたり開催された国際作家会議を終えた私たちは、ブルガリア観光の旅に招待された。

紅葉のヴイトシャ山頂あざやぐに霧にかくれて見えざるソフィア
ローマ皇帝コンスタンチヌスが眺めたる広場に立てば霧は渦巻く
黄金や葡萄の美酒もはこぼれてトラキア人が集いし広場
プロブヂフ古代野外劇場は壮麗なればただ青き空
あかくあかくあかくあかく燃えてゆきたきを人民寺院いでてさむしも

〈第六回ブルガリア国際作家会議コンクール詩人賞〉受賞の知らせを聞いたのは、古都ローヴィッチ市主催の昼食会の席上であった。

あれはアカシアあれは鈴掛マロニエと数えて雨のローヴィッチゆく
パルチザン戦士も渡りゆきしかなグラトン・モストべ黄金の橋
一面に黄金の葉を散らしめしいとしバルカン雨降る朝を
嘘をつきまた嘘をつき感傷にずぶ濡れになる歌人か俺は

茫漠山日誌　四

今日も今日もひとりかも寝む北欧の霧　東欧の雨の日暮や

ソフィアで開催された第六回ブルガリア国際作家会議の全日程を終了。これから立松和平と二人、ヘルシンキを経て、帰路につく。空港は霧……。

ホーチミン市のトラン・クアン・キマオは青き龍いかな苦難に耐えたる龍か
ベトナムの小男も去りてゆきにけりふかきふかきふかき空港の霧
ベトナム戦争解放勝利の報道に泣いて駆けたる日も遠く去る
遠く遠く去るな想い出　髪ながく束ねし朝は雪降りいしが
北朝鮮代表金《キム》が微笑んで語る四十年前の日本語
笑い合い肩抱き合って別れたるおそらく再び会うことはなき
日本流に言うならそれはそれはそれ霜月三日、濃き霧の中
ブルガリア美しければわれは唯　落葉の中を歌うたいけり

朝霧に鳥は囀り果物の　おおブルガリアたわわに稔れ

第十三歌集『柘榴盃の歌』（思潮社）一九八八年十一月

第三章

対談

俺たちはいま

立松和平・福島泰樹

俺たちは今、リングの真っ只中だ！

熱狂、未だ冷めやらず

立松●昨日、新宿の安田生命ホールでのコンサート（「六月の雨」福島泰樹短歌絶叫コンサート）はものすごい盛況だった。あそこは何人入るホールなの。

福島●四百席。

立松●じゃあ六百人ぐらいは来たんじゃない。

福島●そんなにはいなかっただろうけど、五百人ぐらいは来てたね。

立松●立見の人もずいぶんいて、席がとれないような状況だった。おれは何度かコンサートを聞きに行ってるけど、だんだんショーアップしてきて、相当洗練されてきた。バックが慣れてきたせいもあるんだろうけど、第一部の終りぐらいに友川（かずき）が出てきたあたりからボルテージが上がってきて、乗ってくるのがわかった。いいコンサートだと思った。トシ（石塚俊明）もいいドラム叩いたな、ビンビンきたよ。

福島●トシ、本当によかったな。おれが悠長にやってると斬ってかかってくるわけ。喧嘩を吹っかけてくるわけだよ。あいつや、尺八の菊池雅志、彼らのおかげで、おれは「短歌絶叫コンサート」という新たなジャンルを生むことができた。

立松●あいつらは燃えていたんだろうな、おれ、感動したよ。

福島●六〇年安保以降、二十五年ということで「六月の雨」という追悼コンサートをやったんだけど、立松はあの六〇年安保の頃は何やってたんだ。

立松●おれは中学生でね。日だまりのような田舎でのんびり暮していた。木造のボロボロの校舎で掃除やってたら、先生が浅沼稲次郎が刺されたとか言って、何かそういうニュースでバタバタしてた。大学に入るんで東京に来てから、自分の地域社会みたいなところから離れて、急に世界が広がったよね。それまで六〇年安保というのは、体験としては知らなかったわけ。だけど情報としては、例えば吉本隆明の『擬制の終焉』とか既に読んでいて、そういう書物から六〇年安保へ入っていったんだな。おれなんかは六〇年のずっとあとからだった。

福島●おれは高校三年で、別に政治意識はなかったんだけど、浅沼が刺された時は、危機感てえやつを体で感じた。何か鮮烈なものがあった。それで大学に入って六〇年安保というのは、自分のなかにおいて大きい位置を占めてくるんだね。六〇年安保たたかって、その年の暮に敗北死した学生歌人の岸上大作や短歌なんかと出会ったのもその頃だったし、「嗚呼、二十五年か……」という、しみじみとした想いがあるのね。もっとも意識だけはずうっと現在形で進行しているけどね。

立松●二十五年たったのかねえ。今年は、六月十五日を忘れてたよ。人に言われて、あっ、今日は六月十五日だと思って……。

福島●大分おぼろになってきたなあ。毎年、紫陽花の花を見て、樺美智子や岸上大作や、若くして死んでいった奴らのことを思い出すという感じはあったんだけど、だんだんそういうものが薄れてくるのは事実だね。だから薄れさせたくないために、彼らの無念をおれが全身で受け止めて叫び続けてやろうとおもって、短歌絶叫コンサートやってるわけ。おれは歌人だからね、語り部になって一つの時代を伝承してゆこうと真剣に思っている。

安保のなかの青春

福島●安保の時の文学、幾つか生まれたんだけど、例えばさっき言った岸上大作の遺歌集『意志表示』、これなんか最もすぐれてるね。あとはすこしこっ恥しいけど柴田翔の『されどわれらが日々――』、そして十年たって立松の『今も時だ』『自転車』『途方にくれて』など、全共闘が生んだ文学。だけど、六〇年安保と七〇年安保の青春の違いというものは、ずいぶん感じるんだけどね。

立松●おれらは柴田翔とか高橋和巳とか、あのへんは読んできた世代だよね。大江健三郎の初期の作品なんかずいぶん影響を受けて、世代的にはそのへんから文学に入ってるんだよ。とくに小説で個人的に好きだったのは石原慎太郎の初期の短篇群、これは今でも相当切れるというか、鮮烈だと思うんだ。文学そのものが若々しくて……。

福島●青春がまた、若々しいんだな。青春という言葉自体が、まだ新鮮だった時代だ。

立松●だから日本の未来みたいな、まだどうなるかわからないんだけども、文学に希望があったんだな。その裏返しの暗さというのは当然あるんだけど、暗いというのは、明るさがあるから暗いんであってね、今は暗いんだか明るいんだかわからない、影もないような時代になってきているんじゃない？

福島●おれは立松の『今も時だ』は、全共闘運動が生んだ記念碑的な作品だと思ってるけどね。それ以前には清水昶の『少年』だとか、おれの『バリケード・一九六六年二月』とかいう作品はあるんだけど、あの時代のことが当時、小説から生まれてこないんだよな。六〇年安保の文学は思想をまず基軸においていた。だから挫折や転向が前面に出てくる。しかし、立松はそうじゃなくて気持っていうかね、気分というものを前面に出して書いた。それが文体の特徴にもなった。今は文体も大分変ってきちゃったけど。

立松●あの当時は自分達の言葉というのがなかったわけよ。誰かの書いた文学に影響を受けて、それは吉本隆明でも埴谷雄高でも、ドストエフスキーでも誰でもいいんだけど、自分達の言いたい姿をあるものに仮託して、屈折して出してくるわけさ。文学というものは時代と共にあるから、すでにあるものから投げてくるものを、ずっと受けてくるわけだけど、やっぱり自分の言葉は持ちたいというのが基本的にあると思うんだ。

福島●あの全共闘の六〇年代後半というのは、言葉よりも現実の体験のほうがすごかった時代なんだよな。毎日、毎日が変っていったし、言葉なんていうのはずっとそのあとをついてたんだよね。その時に立松が言葉を見い出したわけだ。『途方にくれて』や『自転車』のなかにみる「ぼく」に仮託した、長いセンテンスで、あの時代の青春の屈折してゆかざるをえない気分というものを訴えてくれた。

立松●あれから何年たっているんだ？

福島●初めて会ったのは「早稲田文学」が契機みたいになって、七一年か。いや、七〇年の春だ。

立松●自分達の表現ができなくて、何かやりたいという気持があって、それで「早稲田文学」の周辺をうろついていたら、泰樹さんの『バリケード・一九六六年二月』という歌集に会って、鮮烈なショックを受けたわけ。それは、清水昶の『少年』という詩集にも同じようにあったんだよね。ところが人間には資質というのがあって、詩歌はおれなんかにできないんだよ。長篇小説を書きたい志向だったから。

泰樹さんは若いうちからバンバン短歌が出てたろ？　ほとんど無駄なく出てたんじゃない。歌集は今、何冊だい。

福島●いろんなものを入れれば十四、五冊あるなあ。

立松●十四、五冊か、多いなあ。

福島●今年はコンサートづくめで、もう六十ステージは踏んできたかな。それこそ北海道から九州までね、そんな生活してると、ものを書くのが億劫になってくるのね。おれは歌人だから、歌だけはピシッと書きたいなと思ってるんだけどね。

立松●小説なんて、机に長い時間座らないと書けないけど、短歌というのは走りながら書けるじゃない。

福島●そうだよ。ポケットに突っ込んで、チラシ一枚、鉛筆一本あればパッと書ける。

立松●ボールペンで手の平に書いてもいいわけだろう？　ところが小説というのは一種の構築なんだよな。だから時間がかかってしまって。この間喫茶店で待ち合せて、おれが二十分ぐらい遅刻して、「悪い、悪い」と入っていったら、「いやよかった、歌が百できた」と言ってた。

福島●百じゃなく、十ぐらいだな。いや、確かに歌は、できる時は一瞬だけど、毎日、体の中に溜めてんだよね、何カ月もね。でも、できる時には机はいらない。

立松●短歌というのは羨ましいよ。おれの今度の小説『性的黙示録』なんて、三年かかってるんだもの。

福島●千枚書いたのか？

立松●七百二十枚。あとちょっと増やして八百枚ぐらいになるかな。

福島●その間にも『魂へのデッドヒート』を書いたり、パレスチナへ行ったり、いろいろやってるわけじゃないか。

立松●あれは外側からくるものなんだ。誰にも言われないで、コツコツと書いてるものがあるわけ。実はそれがいちばんきつくて、メインの仕事なんだけども。あまりに時間がかかるし、お金にもならなくて、生活が窮しちゃうわけよ。長い長い小説を先行きの恐れもなく書いていくのは性に合っているんだけど、現実に生身の人間として生きていくためには、そういうほうをとるのは、ある面では苦しいよね。

福島●ここへ来る時に、歩きながら立松と初めて会った時のことを思い出していたんだけど、立松は「早稲田文学」の学生編集部で、七〇年安保が終った頃から本格的な小説を書き始めて……。

立松●あの頃は五本書いて、一本載ったという時期さ。

福島●でも結局、全部載せちゃったろう。まだトランクにあるか?

立松●古い作品は出してないんだ。雑誌に載せたものでも全部単行本には入れてないし。ゴミ箱に捨ててあったビニールのでっかいトランクを拾ってきて、未発表の生原稿がそのなかにビッチリあるからね。

福島●それはすごいな。おれ、遺稿集を編んでやるからな(笑)。

立松●水子供養だよ。そういう水子がいるから書き続けていられるというところがあるんだよ。だから、そのトランクの蓋は、怖くて開けられない。

福島●なるほどな。当時会った時はかなり疲れてる学生で、そのなかでコツコツとコクヨの横書きの原稿用紙を埋めていたわけだ。

青年僧とフーテン作家

立松●築地に来ると思い出すよ。本願寺のあたりのヤッチャ場に通って、大八車の小さいような小車を引っ張って……日当、覚えてるよ、二千円だった。もう体一丁でさ。朝が早かったなあ、五時か六時ぐらいだった。お昼で終るからね。

福島●歳月をしみじみと感じるわけだ。その男が今、筆一本で食っているという姿に、感動を覚えるよ。そして立松自身は少しも変ってない。

立松●生活姿勢はほとんど変ってないさ。おれ達はつらい時期やお互いの個人史を知ってるから、話す気にもなれない部分も正直あるよね。泰樹さんが宗教界で生きようと思って、住職になって沼津の柳沢の妙蓮寺へ行ったじゃない。おれ、お土産持って行かなくちゃいけないんだけど、カネがないんだよな。それで魚屋で安い魚を買って……。

福島●来てくれたなあ、塩マスのでっかいのを吊る下げて。

立松●本当はシャケにしたかったんだけど、マスになっちゃった。

福島●その時貰った益子《ましこ》のグイ飲み、今も大事にしてあるよ。

立松●泰樹さん、あの頃は青年僧として凛凛しかったじゃない。おれがお寺へ行った時、冬でさ、白い着物着て寒行やってた。夜になるとばあさん達が集まって、「南無妙法蓮華経……」と太鼓叩き出して、こっちはそれまで台所で酒飲んでたわけね。それで本堂へ出て行くと「お上人が来た」と言われて、まるで歌舞伎役者みたいだった。あのお寺、外から見るといいお寺なんだけど……。

福島●おれが、あの寺に入ったのは、七〇年安保の秋だった。二十七、八になってたのかな。東京を離れたくってね。なにしろ無住の寺だったからね、本当に汚ない寺でなあ。

立松●畳がベコベコして傾いてた。夜が更けてからばあさん達がドンツクドンツク団扇太鼓叩いて、柳沢の村をずっと歩くんだよね。泰樹さんはばあさん遠の先頭を歩いて、おれは一等後ろをついて歩いた。おれのその時の服装というのは、アメリカ軍の払い下げの戦闘服よ。

福島●『途方にくれて』に出てくる、あの沖縄で買ったやつだろう。

立松●あれ、どこへ行くにも着てたんだ。今でも釣りに行く時着てるよ。

おれはただのフーテンだったけど、泰樹さん、村を一回りしてお寺に戻って、境内で頭から泉の水を被ったじゃない?　ばあさん達は周りで泣きそうな顔して「南無妙法蓮華経……」ドンツク、ドンツクとやって。

あの頃、七〇年終ってどうやって生きていいかわからない時期で、おれ達も就職は決まっていたけど、結局行かないで土方になってしまったろう。希望というのは文学だけだったんだ。

福島●行ってれば今頃、集英社の文芸部長か何かになってた（笑）。

立松●おれ「少年ジャンプ」に入ってたんだから……よく「ジャンプ」の人にからかわれるよ、今頃副編集長ぐらいになってたかもしれないって。

福島●だけど、そういう人生の選びの瞬間をいくつか蹴って、立松は作家を志した。

立松●でもあの頃、苦しくて楽しかったよ。圧倒的にカネがなくてき。今から考えると、檀家二十数軒のお寺の住職が、おれにはリッチに見えた。

福島●そうか？

立松●住む家があって、周りのおばさん達に慕われて、黙っていても酒とか、野菜とか、米とか、届くじゃない。

福島●それがリッチか？

立松●そうだ。おれは当時、カネの範囲で旅をした。例えば五万円あればどこまで行けるか、という話さ。五万円持っておれは、カンボジアとか、ビルマとか、あのへんまで行った。今思うと、考えられないな。

福島●一度、立松に悪いことしちゃったな。新宿で酒飲んで酔っ払って、二人でインドへ行こうという話になった。立松がどうやって安く行くかということをいろいろ工面してくれて、やっと工面ができて、おれに電話くれた。あれ、断る時つらかったな。立松は行ったんだけど、おれは本堂を建てることになったから行かないと言って。

立松●それはしょうがないよ。で、「ヒマラヤへゆきたしあわれ雪溪を峰を越えゆく鳥に知らゆな」は、あの時の歌だろう。

福島●そうそう。懺悔の歌よ。

立松●あの頃、おれはカネはないし、どうしていいかわからなかったけど、自由だけはあった。膨大な時間があって、体も元気だった。栄養失調にはなったりしたけどね。文学の女神は微笑んでくれなかったけども、どこへでも行くという元気はあった。世界が自分の庭みたいだったよ。

福島●それはすごいな。おれはそういう時間を持たないできちゃったけど。

立松●それは、本堂を二つ建ててきた人だから。

福島●おれはながく短歌やってたせいか、定型が身についちゃって、その場に定着してそこで頑張って形を作らないと、いられない人間なんだな。

行動する歌人

立松●七〇年の頃の定型歌人は走っていたよね。で、いい歌が出たじゃない。ところが七〇年が終ってから、定型詩人というのは、総体的に駄目になった。

福島●現場から離れて、みんな古典にいっちゃってね。古典やってれば、本にもなるし、先生、先生って言われて食いっぱぐれしない。

立松●一度、中上（健次）とか、清水昶とかが出ている短歌シンポジウムに呼ばれて、その時おれは「定型というのはいいな、自分が駄目でも型があるから書けるじゃないか」と言ったんだ。短歌というのは大状況みたいなのに影響されちゃって、しかも駄目になった時の安全装置みたいなものがあって、それが定型だ、とそういう気がしたんだ。小説というのはそういう歯止めがないから、解体されたら滅茶滅茶になっちゃうわけよ。で、短歌はええでないか、というふうに皮肉を込めて語ったことを覚えているよ。

短歌が外に走れない時に、泰樹さんは愛欲短歌というか、女の歌を詠み出したじゃない。それはほとんど本能的なものだと思うし、そういう生きのび方をしてきたと思うんだよ。

そういう歌はまた一方で、東京しか知らない人間が地方に暮すということに、まるで愛した女に向うように、東京という土地への思いのたけを歌って、それによって東京への力学が働いたんだと思うんだ。

福島●あの頃、ずいぶんいろんなことを想ったよ。遠くへいってしまった連中のこととか、死んでしまった奴だとか、東京の女だとかね。それが魂の走り屋じゃないけど、想うこと、それがおれの歌なんだな。立松と一緒に行ったはずのヒマラヤも想ったし。

立松●悔しみを歌うんだろ。

福島●そう、悔しみだ。挽歌の情を切々と……東京にいたんじゃ、あんな歌は書かなかった。
立松●「冷や飯を林に入りて播き散らす鳥よみたせぬ飢えわれはもつ」とか、「茫漠としてありたるに寒村の寺の男と言いし朋はも」とかね。だからおれも志が朽ちないように宇都宮へ帰ったわけだよ。
都市からも時代からも拒否されて、宇都宮へ帰って市役所に勤めた。それはいろんな事情があってなりたくないのになったわけだけど、そういう時は「鳥よみたせぬ飢えわれはもつ」という歌が心に響いて、どうしようもない空漠を埋めてくれた力づよさがあったんだね。
おれの友達が自殺未遂をやってね。誰かのお墓の前で死のうと思ったらしいけど、泰樹さんの歌集を持っててね。結局、助かったんだけども、そういう人間が本当に追いつめられた時、言葉というのは助けることもあるけど、逆にそういう淵に引きずり込むこともあるんだよ。
福島●そうだな。それが歌なんだよ。そいじゃあなかったら、短歌なんかやったってしょうがないよ。人の生き死にに関わらない歌だとか詩が多すぎるよ。おれは『バリケード』を作って以来、呼びかけ、語りかけの詩形として生き様を問う詩型として短歌をとらえてきた。それは今でもずっと続いているわけだけど。

『遠雷』三部作、『性的黙示録』

立松●市役所に勤める前、おれ、土方やってて疲れちゃってたんだよな。でもそれは土方に疲れたんじゃなくて、文学が認められないということに疲れちゃうわけだよ。で、宇都宮に帰ろうと思った時に、泰樹さんから「坊さんになれ」と言われた。

福島●おれは沼津の山んなかのお寺に七年間頑張って、そこに立派な本堂を建てた。村の人、みんないい人ばっかりだったな。だからみすみす知らない人に譲りたくなかったから、「宇都宮で公務員やってもしょうがないから、ここの住職になれ」と言ったのを覚えている。

立松●坊さんになれば食えると言われて、「こういう道もあったか」と心づよかったね。結局、お世話にならなかったけど。でも坊さんというのもいいよなあ、坊さんじゃなくちゃわからない世界というものもあるし、基本的に食えるというのがいい。おれなんか食うだけで疲れちゃうんだもの。

福島●その頃、おれは向うで『晩秋挽歌』という歌集を出して、立松に「大樹遠望」という、いい文章をもらったな。

立松●あの頃は、エッセーの注文なんて皆無だったからな。

福島●それを市役所の仕事場で書いてるわけだな。同僚達が好奇心あふれる眼で時々のぞき込んでいる、という文章が書いてあったな。そんな時代があって……。

立松●実際には何も変わってないけどさ。

福島●立松が発表した雑誌を送ってくれて、おれは自分の貧しい書架に「立松和平コーナー」というのを設けてさ。だんだん、だんだん雑誌がふえてってね、嬉しかったな。やがて、『赤く照り輝く山』と『閉じる家』が芥川賞の候補になった。この男は賞をとらないから偉い男なんだけど、絶対大作家になるに決まってると思ってた。『閉じる家』と『火の車』は、立松にとって大きい意味のある作品だな。

立松●『火の車』は「すばる」の編集長の水城顯さんが書かせてくれた作品なんだけど、あれがおれにとっては一つのターニングポイントだったな。つまり自分の現状に不満があって、ここじゃない、ここじゃないと思って周りのものが見えなくなっちゃうんだね。ところがある瞬間から人間の生きていく現場とか、そういう足元みたいのが見えてきて、その瞬間から書けてきたという感じがあったんだね。

福島●それが『遠雷』『春雷』そして『性的黙示録』へと至るわけだな。今、思ったんだけど、中上（健次）は血を書いても憎しみみたいなものがあって、そのあたりが中上に書かせる理由なんだけど、立松のはやさしさなんだな、大地のやさしさっていうのかな、すべてを包括していくやさしさ。

立松●おれなんか風土というものがほとんど見えなくて、言葉だけが先行した時があってさ。それだけ七〇年体験というのは大きかったわけ。時代の政治状況は、土地とか、血とか、そういうものとは関係ないじゃない、そういうところから言葉を得てきたんだけどさ。でも言葉というものは怖いもので、自分が意識しないでも、ひとりでに引き寄せられていくというものがあるんだね。おれなんか、やっぱり土地みたいなところに行き当ってくる。

福島●書いてなければ、何にも行き当らないからな。

立松●じゃあ、そこからどう出ようかと考えるわけ。例えば『遠雷』の世界で、都市と農村の狭間にビニールハウスがあったという話を初めに説き起してくるじゃない。友達に農業青年で頑張っていた奴がいたわけ。彼に仮託して物語を書いていくわけだけど、その小説ができた時に、モデルとなった人間と、ハウスがなくなってしまって、小説だけが残ってしまったんだ。これでいいのかと思うわけ。よくないんだよ。人間というのは、必ず美しい局面というのがあるじゃない。映画のラストシーンみたいな、小説のクライマックスみたいなさ。ところがそういう瞬間だけで生きてるわけじゃない。わだかまりながら死ぬまで生きてるわけよ。そういう人間をどこまでも追いつめていかないと、小説が都合のいいような空間だけを切り取って、現実とさよならする、そういうものじゃないと思ったわけ。

福島●それはいい話だ。

立松●『遠雷』では、少なくともハウスをやりたいという意志表示みたいなものをしてるけど、それは遠くで鳴っている雷を象徴にしたという構図だよね。ただ象徴だけで終らせれば格好よくて、それで済ませりゃ傷もつかないでいいんだけど、その次を書くとまたいろんな問題、矛盾が出てくるし、そこからまた人間が生き始めてくる。そうなると今度は遠くの雷の実態を書かなくちゃいけないと思うわけ。人妻を殺してしまった男が十年たてばまた戻ってくる。生身の人間はずっと肉体を背負って生きていかなくちゃいけない、これはつらいことだと思うんだよ。刑務所に行った人間だって、戻ってくるんだ。その時にどういう土地になっているかということは、やっぱり書かなくちゃいけない。小説はズーッと続いていくんだよ。『春雷』がまた同じような問題を背負って、『遠雷』三部作目の『性的黙示録』へ続いているわけ……。

福島●『性的黙示録』は『光匂い満ちてよ』に続くものではないのか。

立松●そう、だけど今度の場合には生きている人間だけじゃなくて、死んだ人間の世界が入ってきてる。最近、他界をそれなりに考えてるんだけど、文学というのは、どこかで見えないものと触れ合ってなくちゃいけないし、死んだ人間があるのは、生きてる人間があるからだという、そういう構造があると思うんだ。『性的黙示録』の基本的なモチーフは、一人の人間が死んで終るんじゃなくて、他界で生き続ける。『遠雷』のビニールハウスの人間がずっと続いていったわけだけど、ハウスはやっていられなくなって、売っ払って都市へ流れていくわけだよ。

農業青年が都市生活者になって、そこで生きていけるかどうかは大きな問題だ。これは自分の問題でもあるわけさ。それが泰樹さんとおれの違いだよ。結局、失敗して哀しく死んでいくことになるんだけど……。

福島●そうか、おれは、代々が東京で、もともと都会の人間だからな。都会を追われ、田舎で都会を想いながら死んでゆくんじゃあなくって、元気に帰ってきちゃったからな。

ところで、っていうとあらたまっちゃうが、立松文学は青春の一つの任意の点から始まってる部分と、出生の時から始まった部分と二つが続いてるわけだ。『歓喜の市』と、それから『遠雷』『春雷』を経て『性的黙示録』に至った世界とね。

立松●この間、水戸天狗党のことを書きたくて、水戸から彼らが長征して殺された福井県の敦賀まで車で走ったよ。それから戊辰戦争で彰義隊のことを意識して、それは泰樹さんの『上野坂下あさくさ草紙』の世界に関わってくるんだ。あの戊辰戦争の時、おれの田舎の栃木、野州は滅茶苦茶にやられてるわけよ。ところがそれに関する文学作品は何もないんだよ、郷土史としてはあるけど。これ、不思議でね。会津は派手で美しいのに……。

福島●みんな死んでいくことにおいては、そのなかでさまざまな内的ドラマや葛藤、離散があったろうに。つまり、立松の住んでいるところにはそれをまとめあげるといったような文化がなかったんだよ。

立松●言葉を使う人間がいなかったんだな。それが文化と言うんか？ 文化がなかったと言われると、ちょっとおれも郷土意識が出てきたりするけどさ。

だからおれ、「文藝」に短篇連作でもう四年ぐらい、その時のこと書いてるんだ(『ふたつの太陽』)。

福島●その百年前の悔しみ、それを今、立松が引き継いで書くというのは面白いな。じいさんの、少し前の人達は実際に経験して、自分の親兄弟が殺されたりしてるのを実際に見てるから、それが子孫につながって、それが完全に崩壊されている過程で、百年前の祖先達が言葉の神様、和平《わっぺい》大明神を必死に生み落したわけだ。

処女小説『上野坂下あさくさ草紙』

立松●『上野坂下あさくさ草紙』は、泰樹さんが初めて書いた小説だなあ。おれは前から、書け書けと言ってたんだよな。何故なら、短詩型というのは心のその時の結晶みたいなのがあるじゃない。それは続いているようで、やっぱり一瞬のものだと思うんだよ。たとえば刀をピュッと振って光るようなものだと思うんだ。それでもう一回振る間に、闇というか、空間があると思うんだ。

福島●そう、それは確かにそうだ。だから、おれの短歌の一首の背後には、書かれざる百枚がのたうっている、っていうのが、おれの持論だ。だから一首の背後でさめざめと泣いている書かれざるドラマを、おれもいつかは書いてみたいと思っている。まあ刀のたとえでいえば、刀が鞘に入っている部分が散文で、それを抜く時の力技が短歌なんだね。

立松●短歌の美しさというのは、切断面の美しさだと思うんだよ。もっと捨てる部分を拾ったら、違うものが出てくるんじゃないかと思ってたから、小説を書けと言ってたわけ。

福島●『上野坂下あさくさ草紙』は、「早稲田文学」に連載したんだけど、毎回、一回分の三十枚は一日で書いた。

立松●すごい早いな。

福島●そのかわり、原稿用紙に向ってたんじゃ書けない。

立松●じゃあ話すんか？

福島●いや、上野へ行って、不忍池のベンチなんかに座ったりして、Ｂ５のワラバン紙たばねておいてバァーと書く。

立松●会話体だから、一人で話すと、他人がみたら気違いだと思うだろうね。

福島●昼になると酒場へ行って、閑散としている店を狙って入って、飲みながら書く。そこがあきるとジャズ喫茶だ。で、夕方できるわけだ。そんな形で書いたんだけど、これは単純に言えばボクシングの成せる業で、この年んなって若い連中と一緒にジムで汗を流してるっていう、その嬉しさ、それが書かせたんだよ。

おれの住んでいる下谷なんて、東京の田舎、いわば原東京だよ。上野と浅草と吉原どこでも歩いて十分の距離だ。小さい頃、焼け野原にバラックが建ち始めて、おれ達はそのなかでものごころがついてくる。そういう意味じゃ『歓喜の市』と通じるところがあるな。そのあたりに自分をもう一度もっていって、そこから始めたいなあ、という気持があってね。さっきの立松の天狗党の話じゃないけど、今おれが書かないと下谷の百年が消えていってしまうんだよ。それにおれ、下谷という土地がいとおしくてしょうがないんだ。沼津に行ってたから余計そうなのかもしれないけど、とにかくおれの祖父も祖母も、おれを生んですぐ死んでしまった母も、父もみんなこの土地に眠っているしね、下谷はやっぱりおれにとって聖地だね。

立松●一度離れてから戻っていくと出会うんだよ。宝庫というか、沃野というかね。

福島●中也の詩じゃないけど「おまへはなにをして来たのだと……吹き来る風が私に云ふ」と、故郷とはそういうものだな。

ボクシングとラリーは活力だ

福島●昨年、寺山修司追悼の望郷コンサートを池袋でやった時、会場に来てくれた立松の顔は死んでいる顔だったな。『性的黙示録』を書いている最中だったんだろうけど、疲れ切って、ふやけて、目を見るとわかるんだ。その面《つら》みて、おれは「お前、ボクシングをやれ」と言った。

立松●あの時はもう死ぬかと思ってた。泰樹さんに無理矢理ジムに連れて行かれて縄飛びさせられて、汗ビッショリになって生き返った思いがした。ボクシングをやって、本当に命を救われたみたいなものだよ。

福島●今、いい顔してるなあ。

立松●忙しくてジムに毎日行けないけど、最低一週間に一回行ってるよ。体をいっぱい使ってくると、貯金してる気になるんだな、まだ生きられると。
福島●おれなんか、今の時間になるとネットリ汗が出るよ。汗がもう自然に出てくるんだ。だから昨日のコンサートだって、汗がずっと止まらないわけ。あれはボクシングをやってなきゃ、すぐ止まっちゃうんだ。
　おれは四十の時に、十年宣言をしたんだ。五十まで（ボクシングを）やると。いや、一生やりたいね。ボクサーと書いて、ルビを逆に拳闘家と振りたいね。
立松●宗教家を前にして言うのもなんだけど、ボクサーの生き方というのは、一種の苦行僧だね。
福島●今、バカみたいな若者ばっかりが目についてしょうがないけど、ジムに通ってくる子は本当に無垢で、みんな可愛くてしょうがない。
立松●学校教育制度がいけないんだ。そのなかに入っていい子になった人間には偏差値が上がったりして道は開けてくるけど、ちょっと逆らった人間はドロップアウトさせられるじゃない。そういう連中が来てるわけだよ。ある意味では苦労してる人間さ。
福島●そうなんだ。〝あしたのジョー〟みたいな奴が、やっぱりいるもんなあ。
立松●精神的な飢えの深さというか、そういう飢えをどういうふうに満たしていくかという、これは青春のテーマだよな。おれらも同じだったよ。
福島●立松がラリーを始めた時、正直、おれこんなこと思ったよ。泥酔して自転車乗ってよお、田圃んなか走ってて、川へ何度も落っこちた人間が、そんな柄でもない車なんか乗るんじゃない。荷台のついた自転車に乗って、一生懸命ペダル踏んでれば、立松の文学はそれでいいんだと思っていたわけだ。

ところが一秒の百分の一ぐらいのところで生き死にを決定させられるということを『魂へのデッドヒート』読んで、初めておれ、なるほどって感心したわけだ。立松は相変らず過激だなあ。

立松●一秒の百分の一秒に生き死にを賭けるんだけど、それが五日間、あるいは一ヵ月も続く、サファリラリーはそういう世界だよ。これはある瞬間から宗教的な世界になっていくんだ。おれも当初は、車はただ走ればいいと思ってたわけ、下駄と一緒だと。ところが違うんだな。ボクシングだったらリングに上がれば四回戦、チャンピオンだったら十五回のなかにその全ての人生が凝縮されてあるんだね。

ボクサーにしろ、ラリーストにしろ、選ばれた贅沢な時間を生きてると思うんだ。

福島●立松の顔をよくみてみると、トルストイみたいな顔になってきたよ、いい顔してる。日本のトルストイだな。

立松●これ、ちょっとカットしてもらえない？

福島●いや、カットしない。で、おれは歌人で、いや、ミュージシャンと言ってもらいたいな。ステージが自分の表現になってるからね。

立松●そうか。じゃあ、日本のベートーベンだよ(笑)。

福島●しかし人生派でいこうよ。好きだろう「人生劇場」なんて歌……。

立松●おれ、大っ嫌い。自然体でいけばいいんだよ。

何かおれもお寺が欲しくなってきたな……。

「新刊ニュース」一九八五年九月

黙示の文体　小説という地獄めぐり

晩飯食ってからまた書く

福島●忙しいとこ、邪魔しちゃって悪いな、元気そうじゃない。

立松●ところで最近、ボクシングに行ってる？

福島●いや、「月光」始めちゃってから、忙しくなっちゃって、ここ数ヶ月御無沙汰してるよ。相変らず、試合はよく観に行っているけどね。文藝季刊雑誌「月光」三号刷り上がったよ。

立松●わーっ、凄い表紙だね。紫だ。絵もいいね。

福島●装幀は間村俊一、いい男だよ。挿画、カットはね、佐中由紀枝。……俺、もうすぐ『柘榴盃の歌』っていう歌集しばらくぶりに出すんだけど、装幀と挿画この二人に頼んだよ。

立松●そうか、それは楽しみだ。たしか、『中也断唱―坊や』以来じゃない。……あっ、この巻頭の写真、木村三山だな。

福島●凄い人だったぜ、最後まで戦って。今年の三月に死んじゃったんだよ。

立松●そうか、死んじゃったのか。凄い書を書いていたな。

福島●対談の時の写真もそっくり出てきたからね。なんとか現在形で纏め上げてみようと思ったんだ、この人の意志をね。それでこの人が創作した〈現代書誌〉っていう、新たなジャンルにいたる魂の苦悩を、なんとか人に知ってもらいたくって、やったんだよ。「叛逆の書家・木村三山」。

立松●ああっ、そうだったのか。

福島●いや、「月光」っていうのはねえ、関係ないんだよ。そのいま何が流行しているとか、文学の主流だとか潮流だとか。とにかくね、こういう人がいるんだぞっていうことを出していきたいんだな。とにかく忙しそうだね。

立松●うん、ちょっと仕事やり過ぎてるな。体まいっちゃう。少し戦線縮小していこうかと思ってんの。とにかくやりたい仕事だけやっていこうと、それを更にもっと絞ろうかと思ってんの。

福島●いま四十二か。

立松●四十歳。

福島●俺、四十五だぜ。そんな離れていたかなあ。

立松●四つ違うんだよ。

福島●あっ、立松は十二月で、俺は三月の早生まれだからな、……三島由紀夫の享年だよ。まいっちゃうよ、なんにもやっちゃあいねえな。まあ、そのぶん長生きしてやっていくあ。

立松●しかし、「月光」よく作るよな。本当に感心する。大変なもんだよ。これ作れって言われたって、俺はこういうの駄目なんだよ。だいたい人事管理だとかさあ、そういうの駄目だから。

福島●とにかくお礼もできないのに原稿、お願いしちゃって、有難いよ。みんな書いてくれるからな。

立松●みんな心意気で書いてくれているんだろ。

山で出会った友

福島●聞くところによると、今月はきょうしか東京にいないんだって。

立松●なんかねえ、走りまわってて、それこそ新幹線の中でまで、原稿書いているよ。

福島●ああ、ブルガリアの国際作家会議一緒に行ったとき、飛行機の中、ずうっと書いてたけど、例の調子でやってんのか。

立松●このままやってたら、ちょっと、長生きしないんじゃないかと思っているよ。

福島●だけど、小説なんか、資料なんかも外国行ったり、地方行ったりしてたんじゃあ、手元になくって大変だろ。

立松●いや、いや、俺は資料使わないから。頭の中に浮かんでくる妄念だけでいつも書いてるでしょう。しかしね、小説、今月出る「文学界」に書いたんだよ、十何枚。それに今年の新年号に二百枚書いて、夏ぐらいに短篇書いて、このあいだ、三四十枚くらいの長篇仕上げて、完成したの。これは、ちょっとした、会心の作品なんだよね。

福島●それはなに、『雷獣』に次ぐ作品?

立松●うん、『雷獣』の次の長篇かな。『光線』っていうの、光の線。そういうタイトルなんだけどね。

福島●いや近頃、前は一巻一巻出るのが楽しみで、その都度ゆっくり読んでたんだけど、そっちが出る方が多くってよお、追っかけられなくなっちゃって。だから、俺が読む速度より書いている速度のほうが速いって感じがしてよお。

立松●そんなこともないんだろうけど、でも小説だけはね、きちんと書きたいし、書かないと生きていけないんだね。どんどん、こう……物語が出て来て。

福島●んー、そうか。それはすごいなあ。

今度の小説、『光線』は系統としては、ま、いろんな系統に別れると思うんだけども、『遠雷』の延長線上のものだとか。

立松●そうじゃないんだよね。どういうのかなあ。よく分からないんだけれども、ただ、その恋愛小説みたいだねえ。ちょっと新しい見方しているんだけど、あのー、こういう話さ……。その話していい?

福島●いいです。いいです。どうぞどうぞ。

立松●あのね、山に紅葉の、ものすごい紅葉の真っ赤と真っ黄色と、すごい紅葉のところに、都会で広告代理店かなんかに勤めている若い男が行くんだよ。ずっと旅して山登って行くわけ。これは、あの温泉があってさ、バスが途中までしか行かないから三時間くらい歩いて行くところ。山形県にあるんだよね、そういう温泉が。前行ったことがあるんだけど。その山の上の温泉が湯治場になってるわけ。そこは、紅葉のシーズンていうのは、農繁期なんだよね。ところが、農村が機械になったりして、あのー、かえって、年寄りが居ると邪魔になる。昔は人手も欲しかったんだけど、いまは要らないって、温泉にやられる……。

福島●ああ、やられちゃうのか。

立松●うん、一種の姥捨てみたいな世界があって……山の中に突然。そこに念仏温泉てね、日に何度か、お燈明たいて、念仏する温泉があるんだ。

福島●それは、湯につかりながら？

立松●そう、そう。やってみようか。

あやにあやに　くすしくとおと
月熊《つきぐま》の神のみまえを
おろがみまする

そういう温泉があるんだよ。そこに旅してった男の話でね。そこには、やはり都会生活に疲れた若い女がひとりいてさ、お互い年齢も近いせいか、いろいろ話に花が咲いて……。まあその間、いろいろあったりするんだけどね。その男が同宿のおばあちゃんたちに頼まれて山登りするんだ。

それで頼まれて行くと山に迷うんだよ。山っていうのは迷うでしょう。古い記憶が連続してつまずいていったり。その、本当は新しい風景なのに記憶が連続しててね。古い記憶が、重なっていくようにして、踏み迷っていくわけ。で、一種の、こう、なんて言うのかな、堂々巡りをして、方向が分かんなくなって、結局まあ、山の精霊みたいのと出会っていくような雰囲気になってくるわけ。それで、なんとか、その温泉に帰り着くんだけども。

それから、女が山を越えて、向こう側の温泉に行く、まあ、一緒に旅をしているわけだよね。するとね、その女が山の中で光っているわけ、ものすごく、存在感があって、魅かれるわけよね。で、一緒に山越えしながら、山の気に打たれてね、山の空気吸って……だんだん、女がその山の精霊みたく思えてくるわけだ。それで、まあ関係するんだけど。で、温泉におりて、濃密なすごくいい旅をするわけだ、その男は。女と出会って、山と出会って。そして、帰ってくるでしょう。休暇が終わって、帰ってくるわけ。ところが、男はさあ、結婚してて、都会の団地に暮らしてるわけだ。

それで、その男が帰り着くまでに女は、電話をいれちゃってるわけ。それで、一種の人間関係が、非常に苦しくなってくるわけ。そこから、ごちゃごちゃ、いろいろあって、まあ、簡単には話がすまなくなってくるわけなんだけども。

福島●なるほど。でもまあ、ここまで話したんだから最後まで話しちゃいなよ。

立松●そうだな。……そして、女は来るわけよね、東京に。東京に暮している女なの。それで、どこかで会おうってんで、まあ、会いに行くんだ、雑踏の中の喫茶店に。でも、喫茶店の隣の席に女房がただのお客さんのふりしているわけ。

福島●そりゃあ、大変だ。(笑)

立松●ところがね、山で会ったときにすごく光っていたんだけども、都会で見るとその輝きがないんだよね。

福島●なるほど、それで。

立松●山の中で濃密に感じ、体験した、一種の光りが、都会の中では、光りが薄れちゃって、そういうことってあるでしょう。そういう感じになって、こう、悲しみにとらわれるわけ、お互いにね。

福島●なるほど。

立松●それで、雑踏の中でもう、「いい夢だったわ」、って別れるわけ。それで女と別かれてつっ立ってると、すっと横から女房が出て来て、腕摑んで……。まあ、それで、一幕終了っていう、作品書いたの。これ、二百枚、『光線』っていうの。

福島●んー、なるほど。山の中の女、なんか泉鏡花連想させるな。

立松●わりと、自分では良かったんだよ。

福島●たとえば、このあいだの『雷獣』の最後の部分でねえ、あの、直樹っていう子供殺しちゃう、それで現場検証みたいなかたちでそこ行くわけでしょう。それで、そこでまた、土と出会うわけじゃない。別れた、っていうのか、別れたはずの土と。追いやられて捨てられ得なかった土と。土に蠢くような新鮮な予感が漂ってきて、そういう意味でも、土との、また、山との……。

立松●自然だよね。

小説という地獄巡り

福島●いや、いまの話を聞いて俺はちょっと懐かしかったのは、ちょうど出会ったのが七〇年ぐらい、そのときにね、立松がやはり、いまみたいに小説の話をするわけだよ。これから書こうとしている、ストーリーをな。目を細め、遠くを眺めるような仕草してな。杉並かなんかの神社の境内で、夜毎、組作って剣道やっている話だとか、熱っぽく沖田総司の話してたな。なんか不思議にあの晩のことはよく覚えているよ。

立松●そう、そう。

福島●それから、あと沼津。俺は、あの年の秋、東京を去って愛鷹山の柳沢っていう村の小さな寺に入ったんだけど、最初に訪ねて来てくれたのが立松だった。渋谷から一緒にバス乗って柳沢行ったこともあったな。あんときも、ぼそぼそ、つまりね小説の、これから書く話をしてくれてさあ。実にそれがね、こっちを楽しい気分にさせてくれたね、なんか一緒に旅をしているような。だから見えちゃうんだな、一緒にな。いまもそうだった。女の姿が実に鮮やかに見えてきたしね。山の道で、しかも記憶が増幅されて重なりあって、山道の濡れた黒い土だとか、梢のさやぐさまだとか、笹の葉に露のぴかっと光るさままで見えてくるようなね。立松和平は、天性の語部《かたりべ》だ。

立松●（笑）。

福島●変わってねえなあ。ただ、変わったのは、声がずいぶん良くなったねえ。いまはテレビのナレーションで鍛えた、いい声しているけど、あの頃はぼそぼそ声でな。

立松●活字には現れないよ（笑）。

福島●この写真、釧路湿原か。……俺も、このあいだね、北海道にコンサート行って、釧路行ったんだよ。立松和平が現場を大切に思う気持ち、身にしみて分かった気がしたよ。とにかく、ステージで飛ばす冗談まで大うけなんだよ。そうしたらね、もうコンサートはじまると同時に、泣き声が伝わってくるんだよ。そういう雰囲気って、ミュージシャン敏感じゃない。もう、トシ（石塚俊明）なんかのドラムの気合の入れかたが全然違ってくるんだな。そうすると雅人（永畑雅人）のピアノとトシと張り合うわけよ。バックばかりにそんな気持のいい想いばかりさせていられないからね。こっちも精一杯情感高めていくんだな。アンコール三つ応えたよ。

それで、お客さんと話したんだけど、一人は秋田から河岸に出稼ぎに来たままこっちで結婚して住み着いちゃった女の人だったけど、もちろん俺がコンサートでやってる中原中也も、萩原朔太郎も、安保の暮れ自死した岸上大作の名前も知らない、ところが泣きっぱなしなんだよ。つまりね、短歌や詩のリフレィン、それに俺たちが作る音を通して、自分の体験と出会うんだな。

あと、海底炭鉱夫だと名乗ってた同年輩の男の人、俺は音楽だとか芸術っていうのは眠たくなるものだとばかり思っていたけれど、あんたの聴いて、初めてそうじゃなかったっていう気がしたって、言ってくれてね。嬉しかったよ。あと、実行委員の人も知らない人が、是非あんたがたを釧路湿原に案内したいって言って、翌朝ジープで迎えに来てくれたんだよ。不動産屋やっている人だって言ってたね。それで、誰も通らないジャングルみたいな道を通り抜けて、観光客じゃあ、絶対に見られない、なんか太古の湿原案内してくれてね。立松和平じゃないけど、まさに「ところと感動の旅」だったよ。とにかく行くとこ、行くとこでそんな出会いするんだな。

立松●俺なんかが、今の仕事やめられないの、分かるだろ。

一人称から三人称へ

福島●いや、それで思い出したんだけどね。俺、沼津へ行ってからさ、立松が発表するたびにね、例のコクヨのB5版の原稿用紙…… まだあれ使っている？ ……に、丸こい、可愛らしい字で一筆添えてさ、「三田文学」だとかね、「新潮」だとか、送ってくれて。それで俺、立松和平コーナーっっていうの、貧しい書架に作ってさ、雑誌がだんだんたまっていくの楽しみで。こいつは、すごくなる、大作家になると、あの頃、本当に思ったわけなんだけれども。

それでね、今日、是非お聞きしたいなあ、と思う一つは、文体の問題って言うか、その変遷な。例えば、最初に「早稲田文学」に発表した『途方にくれて』だとか、あるいは『今も時だ』、それから、「早稲田文学」に毎号のように発表し始めた、それ以前の『自転車』や『たまには休息も必要だ』といった作品すべて、〈私〉で書いてたな。厳密に言えば、〈ぼく〉で書いてたな。これについては、文庫本になった『途方にくれて』の解説でも書かしてもらったんだけど。なによりもまず、仮名文字を多用した文体が非常にみずみずしくってね。くぐもっていて、なかなか言葉になりにくいあの時代の雰囲気っていうのかね、そういうものを実によく適確に表現しているな、と思ったな。

あのお、六〇年代の後半っていうのはさ、……俺なんかは六七年秋の羽田闘争の頃には、もう学校卒業しちゃっているから、いわゆる全共闘世代ではないんだけど、でも幾分かは体験している、なんていうのかな、あの時代は、言葉よりも行動の方が、いきいきとして先行していたんだよ。だから行動の後を、一生懸命言葉が追っかけて行ったんだな。あの頃の連中は、学園をいきいきとして改造していたからね。体験はだから日々新たなわけだ。

立松●そうだったな。

福島●ところが、一九六九年という年が過ぎて、七〇年という年を迎えた。つまり六〇年代の興奮を体の中にまだ火照らせたまま、七〇年代という、すべてが終わっちゃった時代に雪崩れ込んでくるわけだ。まあ、その時点から立松和平の小説が開始されるわけなんだけど。つまり、こないだまでの興奮が嘘のような、冷えきってしまった時代のただ中に、〈ぼく〉が放り出されて、言ってしまえば、あれは一体何だったんだ？　って、必死に言葉を回収しようとするんだな。あの仮名を多用した、やたらにセンテンスの長い一節一節が、くぐもっていて言葉になりにくい、あの時代の気分みたいなものを、表現するには最適の方法だったんだな。つまり、挫折だなんていう一時代前の通念みたいなものを一切否定した上で、吐く息と吸う息だけの、その息遣いだけで、あの時代の青春を表現しようとしたんだな。

いや、一人で喋ってばかりいて悪いんだけど、あの単純で荒々しくって、しかも優しい息遣いこそ、全共闘運動に象徴される、あの時代が育んできたものの確かさじゃあなかったのかな。それを散文じゃあだれも書かなかったし、書けなかったんだな、あの時点で。立松一人が、『自転車』や、『途方にくれて』の中で表現したんだ。

立松●うん、なるほど。

福島●『今も時だ』は、あれはもう詩だね。散文なのに詩だなんて言ったら怒るかもしれないけど、全共闘文学なんていう言い方では括りきれないけど、あれは最高峰だね。同時に、あの時点での、〈ぼく〉を主人公にした作品の到達点と言っていい。

立松●なんかそうやって論じられちゃうと、こっぱずかしい気がしないでもないけど。

福島●それが、確か、あの、七八年だったかな、あの頃、高井有一とか、後藤明生、古井由吉という人達がやっていた「文体」に一挙に発表した『ブリキの北回帰線』あたりからかな。たしか、七五年に「新潮」に発表した初出の長篇『光匂い満ちてよ』では、主人公は、まだ〈ぼく〉だ。だから〈彼〉が主人公、つまり〈私〉じゃなくって、三人称を主人公にするようになったのは、あのあたりからだよな。

立松●そうね、ただね、あれ、主人公の名前が、そういう三人称になっているだけでね。

福島●悦夫だったかな、あれは。

立松●そうだ、悦夫だ。実体は、一人称だったね。

福島●うん、なるほど。

立松●なんかこう、自分から離れたいみたいなものはあったんだけど、長い時間かかってるよね。ほんとうに、〈私〉というものから離れたのは、多分、『歓喜の市』だね。あれ、女を主人公にして書いてんだよね。で、いろんな主人公の視点から書けるっていう『遠雷』なんかも、あれ、光夫だけど、光夫の視点なんだけども、結局、作者のひとつの視点だから、一人称だね。

福島●だからね、それいまになって、思い出してね、ああ、そうかと思うんだけれども。つまり、俺は、あれをあくまでもね、作者には悪いんだけど、ファンとして一人称で読んでしまうわけよ。つまりそれまでの長い読者としてね。それが、なんか『ブリキの北回帰線』、あのあたりから〈彼〉になってくんだけども。あるいは、俺の好きな短篇で『泥酔』な、あの自転車で田圃ん中の道走ってて川に落っこっちゃうやつな、あれが、確か、あれも三人称なんだな。ところが、文体そのものは一人称なんだよな。完全な三人称になりきっていない、ちぐはぐなっていうかね、そんな印象を受けたんだ、あの頃。

それが最近では、実に美事に三人称の文体になっているんだけど、それで言いたいことは、その主人公を含めて、三人称で登場する個々の人間が、三人称でありながら、今度は逆に、一人称が明確にでてきちゃっているんだな。つまり、その登場人物に確実になり切っているんだな。そのあたりの凄さっていうのかな……。

黙示の世界、神様の文体

立松●いやあ、やっぱりね、文章、文体が自由になったたっていうのはあるなあ。たとえば、『ふたつの太陽』なんかさあ、熊になったり……。

福島●うん、そうなんだよな。それを今日話したくて来たんだよ。

立松●文章、文体というのは、それを獲得してくのにものすごく時間がかかるし、一定していないからね、常に動くもんでしょう。だけれども、何になりたい、熊になりたい。今度は女を書こうか、物になろうとか、霊魂になろうか、何にでもなれる。これは、やっぱり文章の強さだと、思うんだよね。文学の、ね。あのおっ、特に、自由自在、何にでも、こう、変形していく水みたいな感じの自在さがあるんだよね。ただ、水っていうのは、もちろん、小さな穴には入らないとか、それなりの性格、もちろんあるよ。空気だって、どこにでも入れるわけじゃないからね。だけど、そういうことは、自在な方がいいわけだからね。

福島●そのひとつの大きな足跡っていうのか、そういう中で、文体の転機というのかね、それを示したのは、あの例の三部作の、『遠雷』『春雷』を通って『性的黙示録』に至るまでに八年たっているわけだけど。『性的黙示録』に至って、明らかに文体の転機を迎えたんじゃあないかと、俺は思う。あの書き出し、あの祖母の心に浮かぶ、意識の流れって言った方がいいのか、あの孤独な老婆の心に浮かぶ来歴の世界を、アパートの外に降る雨の音とダブらして、水が流れるようにたんたんと物静かに描き切っているんだな。あれには正直、立松ここまできちゃったのか、って思いがした。あれもさっきの脈絡から言うと、祖母に完全になりきっているんだな。完全になりきっているわけだよな。

いろんな意味でこれ、三年かかったって言うけど、この『性的黙示録』が、立松文学が今日に至る、大きなエポックになっているんじゃないか。ここで獲得した文体が同時にたぶん進行していたんだろうと思う、一昔前の野州下野《しもつけ》に舞台を移した『ふたつの太陽』ね、あの、死にすっぽりと包まれた、草木や野の生き物と同次元に人間の営みをとらえた、あの世界に繋がっていたんじゃないのかい。これは本当に自信作だろう?

立松●そうねえ。

福島●確かに、『天狗が来る』。時代小説書き始めて、その延長線であるんだけれども、ここに至って、ここに俺は「融通無碍の自在な文体」って書いたんだけども。本当にいま話したように、神様の文体だな、完全に神様の文体だよ。

立松●小説の中ではね、なんでもできちゃう、生かすも殺すも。

福島●だけどさ、こんなことはさ、熊になんかなれないんだよ。それはね、いま言ったように、文体の力っていうかね、今日までの習練の賜物、まさに賜物であるしね。だって熊になってさ、しかも熊が殺されて、屠られて、バラバラにされて、今度は霊魂が漂って、その熊の霊魂が今度は、人々の営みをずっとやさしげに眺めてるわけだろ、人々の生き死にを、生活を、歴史を。

俺、だから、『ふたつの太陽』と『性的黙示録』、ああ、すげえところに来たなと、そんなふうに思ったんだけどね。このあたりの話を、もうちょっと話してくれないかな。

立松●まあ、『性的黙示録』はとても苦しい作品だったんだけどねえ。それは分量もあるし、ひとつは新しい世界を獲得したかったんだ。つまり、夢みたいなもので小説を書くっていうのかな、見えるものだけで、小説を書くんじゃなくてさ、見えないものでも小説を書くっていうのがあるわけ。『性的黙示録』の場合には、現実と夢との、こう、境界線がある部分がなくなってきてしまうような書き方っていうのは、これは文学として別に目新しいものではないけれど、ただ自分がそういう世界を獲得するっていう、こちら側の問題として見れば新しいことなんだよね。

で、これを書ききれたらば、自分が変われるという、一種の賭けだったんだよね。で、それを書ききる、たとえばこれは七五十枚くらいの作品かな。書いていって、二年も三年も暗い穴ぼこにしゃがんでるような作業が続くわけだけどさ。でも、まあ自分が紡いでいる夢っていうものができるのは、やっぱり文章が置かれた瞬間にできるんだよ。だから、いつも俺、そうなんだけど、何を書いていくか分からないわけ、自分で。これは弱点でもあるんだけどね。ものすごく、そういう意味で批評的な視点がないんだよ。こう、自分がこういう作品を書くんだっていう、ストーリーを夢のように語ることはできるんだけども、自分の作品にとってどういう意味があるんだとか、非常に客観的にそれを見て解説する、そういう視点に欠けてるのね。それは分かっている。ただやっぱり作者っていうのは基本的にそうだと思うの。

福島●分かんないわけだろ、原稿用紙に向かうまで、何が出てくるか。

立松●分かんない。それは何かが導いてくれるっていうかさ、その何かっていうのが分かんないんだけど、現実にある程度の力ができてくると、力ができてくるっていうのは、文章の力と、もう一つはいままで生きてきたさ、いろんなものがあるわけだよ。ものすごい情報量のインプットってあるわけよ。

いまその旅を、ものすごい激しく旅してるけどさ、これは自分の情報量の中にファイルがさ、ものすごい勢いで増えていることなの。なんでもできる。それはものを見る、人の話を聞く、っていうことはそういうことなのね。

地名を消す、時代を書く

福島●なるほど。前、立松が宇都宮に帰った頃な、要するに疑似都会的な、って俺は思っているんだけども、要するに農村からはみ出してしまった若者たちの風俗っていうかさ、〈市役所物〉って、俺は名付けたんだけど、書いてたよね、一生懸命。あのときに宇都宮を俺はとことん書いてやる、それで点を書いているんだけど、いまにこの点と点が結び合って街になっていく、年五本ずつ書いていけばやがて死ぬころには何百何千の点になっていって、やがて完全な街ができあがるであろう、なんていうこと書いてたけれど……。

立松●だけれど、いつごろからか、地名を消すようになったね。

福島●ん?

立松●地名を消す。栃木にこだわってて、いまでも自分の生き方としてはこだわり抜いてるけどさ。ただ、宇都宮という地名を、栃木という地名を、いつごろからか小説の中で書かなくなった。『遠雷』には、地名は一切ないんだよ。『歓喜の市』にもないんだよ。

福島●なるほど、俺らが完全に思っちゃってんだ。

立松●だから、俺は観念でそういう街とか土地を作ってんだね。だから、栃木弁とか言われているけど、これは栃木弁らしきもので、地域によって微妙なわけ。

福島●なるほど、あの、俺、印象に残ってんのは、「ぜや」って言う、男が話すときの語尾な。それから、女でひとつ印象に残ってんのは、あのおばさんの語りあるだろ、『遠雷』中で。

立松●うん、「やんす」、「そうでやんす」。

福島●それから、あと「痛いよお」の「お」な。あそこが、なんとも言えず、いいなあ（笑）。

立松●ただ、あれは栃木弁じゃないの。

福島●違うのかい（笑）。

立松●違うの。俺は栃木弁だからそういうふうに思われるんだろうけどね。けっして栃木弁ではないの。作ってる言葉なんだよ。

福島●なるほどなあ。

立松●それはもう、そういうものだと思うよ、文学っていうのは。こちらが観念の世界、夢の世界だからね、そのところではものすごく誤解されているの、俺は。

福島●うん、うん、なるほど。

立松●まあ、地名を書かなくなってから自由自在になったよね。時代っていうのを書いているんだよ、結局。時間を書いているんだろうねえ。土地というのに仮託してねえ。時間というのは、いろんなもの生んでくれるからねえ。で、今の日本ていうのは、どんどん、どんどん、地名が消える傾向にあるから。

福島●うん、そうだねえ。

立松●風土性みたいの、失われるものがあるからねえ。だからそういうものの痛みたいのがあって、一方ではね。だから、旅をしたりして、なにか日本も捨てたものじゃないっていうことを言いたい部分があるわけ。ただ、小説書くことは別さ、そのこととは。

福島●うん、うん。

立松●あのお、分かんないんだよなあ、何をやってんのかなあ……。分かんないんだけども、何年かたってみると分かるんだよ。……そういう世界なんだねえ。

福島●なるほど、奇しくも、真っ赤に熟したトマト、あの球体が象徴した世界が、つまり球体が熟れて潰れて土に落ちて、そこからまたストーリーが始まって『性的黙示録』に至った。そして今度は熟れて土に落下した球体は泥と化すんだ。その滋養をたっぷり吸い込んだ泥から、また何かが生まれてくるんだろ。

立松●んー、ただ、『性的黙示録』の中で書ききったかもしれないんだよな。やあー、分かんないんだよねえ……。書ききって、もしかすると書ききって、そこから一歩も行けない、そりゃあ、外伝としてはいろんな人物描けるんだけれども、『遠雷』のあの健康的な光夫ってものがトマト作りやってって、三部作『遠雷』『春雷』『性的黙示録』書いたでしょ。

そして最後、夢の世界入ってってって、『性的黙示録』の山の前に立つ、殺人を犯した現場の山の前に立って、遠く歩いている人間を見るわけ。あれ、自分じゃないかと思うんだけど、……そのひとつのシーンからね、次の物語ができるんだよ。いろんなものができるの。たとえばそこから『ふたつの太陽』ができたり、冒頭で話したあの『光線』の物語ができたりしてくるんだけども。あの主人公をあそこで引っぱるのは、もしかしたら、もう俺のいまの力で行き着くところまで行ったなあ……、というのは『性的黙示録』だね。

福島●なるほど。

立松●書ききっちゃったんだねえ。

福島●それだったら俺も満足、っていうかね？

立松●ただ、もうひとつの主人公、時代ってものがあるでしょう。そこから、たとえば村が、人間が入れ替わっても、村、土地ってのはあるから。それから派生してきた物語が『雷獣』。

福島●そうだね。

立松●ただ、『雷獣』はまだね、同じ人間ではたぶんもう書けないと思うんだけど。土地があるんだから、これは書けるとは思うんだけど。ただ、いまそういう現実に対して、小説をつくらせる力に対して、俺は純真でありたいからね。書ければ書くさ。それで、自然とね、ストーリーが浮かんできてさ、基本的なストーリー、状況設定がふっと浮かんでくるから、そのときまで待ってりゃいいわけ。

福島●そういうもんだろうな。長編たくさん抱えて大変だな。あの『歓喜の市』はどうなるんだ。

立松●『歓喜の市』は書くことは無数にあるね。いろんな構想はあるんだけれどね。まあ一生書こうと思っているから、手を変え品を変え書いていくんだと思うんだけど。それから『天地の夢』ってのが出てきて、そのあともう、構想はあるんだけどね。ただまあ、いまちょっとね、いまの時代とくっきり結ぶような作品はちょっと書き続けたいんだよ、いまの時期は。三年くらいかかってるもんね、やっぱり書くの。短歌と違うんだよ、その辺は(笑)。

福島●いや、短歌はね、溜めてないと、そりゃあね、今度俺、初めてだね、こんなに書いたの、いや前にも何回かあったか。とにかく一週間でね一五十首作った。さっき話した木村三山書いたんだよ。もっとも、書いたのは一週間でも、彼の死が契機となって、以後歌になる一週間に、全力で向かっていたのかもしれないけどね。やはりこれもね、俺はね、もうさっき、なりきるってこと言ったけど、俺自身も『中也断唱』あたりからそういう文体獲得したんだな。その延長なんだけど、いまなんでも書けるよ、歌に。去年の夏は、「毎日グラフ」の別冊、裕次郎特集号に短歌頼まれて、三日で百首、歌作ったよ。中学時代に発売されて読んだ石原慎太郎の『太陽の季節』や、高校時代に発売された『亀裂』の作品世界までもが歌として膨らんでいったんだな。あとは俺自身の思春期からの時代風俗、そんなもの重なり合って、裕次郎には気の毒だったけど、歌作ってて楽しくてしょうがなかったよ。

立松●うん、そうだね。だから俺、書いたじゃない、前に。〈私〉から離れたっつうさ、呪縛された、やっぱり短歌ってのは私の〈私〉に呪縛されすぎていると思ってたからさ。『中也断唱』が出て、やっぱりそういうなんにでもなってくようなさ、自在な文体っていうの獲得したなって。

福島●それだって、結局、私なんだよね。その対象にどれだけなりきるかっていうことは、私がその対象にどれだけなりきるに足る自己を深化させ得たかということだしね。ちょっと自信もって近頃できるようになったね、木村三山って男書いたんだけどもねえ。

立松●うん、なるほど。

熱砂を発ちて雪の知床

立松●小説っていうのは、要するになんでも文学ではそうだけど、これでいいってのはないわけ。こういうもんだってのもないわけ。だから方法論でもどんどん変わってるんだ、俺は。文体も変わってるわけ。で、よく内面の葛藤とかさ、いろいろ言うじゃない。でも、そんなものね、小説の単なるひとつの信仰にしかすぎないわけ。どういうかたちでも許されるのが文学なんだからさ。ただまあ、これは言葉を使って書くという制約はあるよ。でも万年筆で書こうと、鉛筆で書こうと、ワープロで書こうといいんだから。だから、そういう自在さっていうのを小説から取り払うとやっぱり死ぬだろうな。で、やっぱりまださあ、まだ小説がこういうもんだって固定観念が強過ぎるんだと思うの。

福島●強い。

立松●俺は好きなこと、やっぱり基本的に自分の生き方って楽しいことしかやらないと思っているわけ。やなことはもうしないの。そりゃあ食うために勤めたりしたこともあるけどさ。でもいまはどんなに忙しくても、やりたいことしかやっていないわけ。で、小説は一番もちろん書きたいから、そのためにほかのものは全部そのためにあるような感じなんだよ。

福島●いまテレビの仕事やなんかだってまあ、いろんなこともある。経済的な問題だっていろいろあるだろうけども、やはり旅が好きだから付き合っている部分が多いだろ。

立松●うん、そうだねえ。月に家に三泊か四泊しかいないときだってあったよ、今年。

福島●今月は何泊?

立松●今月はね、行ったり来たり出たり入ったりだから比較的多く家には泊まるけど、でもね、ほんとに何泊の世界だ。今年一番ひどかったのはね、今年の……四月から五月だねえ。これは異常だったねえ。あのねえ、インドネシア行ったんだよね、インドネシア行って、あ、これ富士山にずっと入ってて、帰って来て家に一泊してバリ島行ったわけ。そして帰って来てまた家に一泊して、中国の福建省行ったんだ。それから、だからこういう感じになってきた、中国行ってまた帰ってきて翌日カルカッタだよ。

福島●おーお。

立松●帰って来て、稚内、礼文と行くわけ。あそこは、カルカッタは気温四五度。帰って来て稚内、礼文行ったら雪が降ってるわけよ(笑)。

福島●なるほど(笑)。

立松●そしてさ、稚内、礼文と行くでしょ。帰って来て家に一泊してロスで、ロスからね、アリゾナの砂漠行くわけ。

福島●うん、うん。

立松●これヒッカヒッカの熱い熱砂でしょ。

福島●ああ、そうか。

立松●こういう暮らしがね、ずーっとこの何年間か続いてるわけ。

福島●頭がこんがらがんねえか?

立松●うん、だから今日目が覚める、あれ今日はどこにいるかなあ？　っというふうに思わないと、どんどんまた旅だしね。で、自分が自由になるでしょう。ある意味で、社会的にも自由になったっていうかさ。今年、もう四十歳になったしさ。好きなことしてさ、わりといいわけ、いま。そうすると地が出るね。押さえる必要がないんだから。だから、俺は旅が好きだから結局、旅ばっかりの暮らしになってくるわけ。明日もね、あそこに行くんだよ、日本で一番暮らしやすい村があるんだよ、福島県に。そこ行って二泊して、それは一泊で足りるんだけど、向こうで原稿書きやってくる。

福島●そうか。

立松●会津の舘岩村っていうね。なんか国土庁かなにかの調査で、いろんな人が交通したりして暮らす、そこに住むこととか総合して一番いいのが会津の舘岩村というところでね。なにしろね、日本は、広いわ。歩けば歩くほど。ほんとうにいい国だねえ、いい国っていうか、いい風土だね。南北に長いでしょ、北海道の北の方は亜寒帯だしね、南・沖縄は亜熱帯で、こんなに気候の幅のある国っていうのも珍しい。

福島●うん、うん。

立松●これ、ブルガリア行くとき上から撮った写真だよ。

福島●あれ、凄かったな、あれ見られただけでも俺、しあわせだった。

立松●凄かったな。

福島●いや、俺はね、宮沢賢治っていう男をまざまざと感じたね。あの人はこんな宇宙の情景見ないで書いちゃった。右側の雲の彼方から真っ赤な陽が登っていくと、左側の窓はまだ夜でコバルトブルーの夜空に、三日月が輝いて、あたり一面零れるように星が瞬いてんだよな。

立松●いい旅だったな。

福島●今度の、アルメニアでの会議、あれ惜しいことしたな。ロシア、行きたかったよ。あれ、ちょうど行く直前だものな、暴動が起きたの。……残念なことしたよ。なにしろ世界の文学の故郷っていう感じするからね、ロシアは。久し振りに胸ときめかしていたんだけどね。

立松●あれ、アルメニアでの開催はどうなるか分からないけれど、あれまだ生きてるから大丈夫。また連絡来るよ。だけど、行きたかったよな。いや、ちょうどねえ、大スクープだったたんだよ、テレビ・クルーにとっては。

福島●入っちゃってればな。なにしろ、モスクワから立松んところ、延期のテレックス入ったの、行く寸前だったもんな。俺なんか、最新式のカメラ買ったり大変だったたんだから。

立松●惜しかったな。とにかく入っちゃってれば、もう、あのニュース、俺たちのレポートが世界中を駆け回ったんだよ。

生きる姿勢の中に小説はある

福島●もう一度文体の話になるけれど、要するに、俺が名付けた〈融通無碍の自在な文体〉の話に入るな。つまり、〈私〉を空しくする文体ていうか、それがこの世界、『ふたつの太陽』ならびに、『性的黙示録』の中で出てきた特徴じゃないかと思うんだけど。つまり、登場人物たちの感覚だとか気分だとか、それ以外の主観をね、極力排そうとする文体だよね、『ふたつの太陽』の特徴はね。それはまた、『遠雷』『春雷』に続く三部作『性的黙示録』に至って創造された〈黙示の文体〉だ、って言うことができるんじゃないかな。つまりね、もうさっきも話したんだけど、殺す側と殺される側が共有する優しさという奇妙な連帯ね。この辺りに降りたっていく意識野っていうかね、意識の世界っていうか。

立松●そう、だからさ、俺は生き方の中でさ、〈私〉っていうのを越えちゃったのかなんか、そういうことあるんだよ。例えば、旅していたりさ、その旅の中で、いろんな人間と出会ったり、例えば、いま現状の俺の暮しぶりみてるとさ、凄い情報量の海の真中にいるようなわけなんだよ。それは例えば、かたやF1レースがあったり、かたや、農業の事があったり、こう、つまり、雑誌で言えば、「家の光」からさあ、「世界」がさあ、同時に俺の現在としてあってね。だからそういう〈私〉にこだわっていたら、どこかでこの時代を認識できなかったりさ、文学ができなくなってしまうような、そういう生き方をどこかから、ある時点からし始めたんだな。

それはたぶん文学のほうが早いのかもしれないんだけど、そうすると俺はいま自我、内面の葛藤みたいな一種古典的な枠組みにこだわって小説を書こうとしたらね、自分の生き方自体がもうそういうのにそぐわないわけよ。

福島●わかるよ。つまり支離滅裂になっちゃうな、いろんなことをやっていて。だからそれは、図式で言えば西洋的な自我の闘いとか、葛藤、アンビヴァレンツを鋭くしてゆくっていうようなやり方じゃあなくって、それらのものをすべからく包み込んでしまう、もっと東洋的なさ、どこかの土にも泥にでもなったり、あるいは、まあ、いまの話でいえばジェット機乗って帰ってきたらこんどは、小説の中で熊になったり泥になったり、風んなったりしていることがね、なんかこう自然にできるようないま自体、いま現在。

立松●そう、だから、ブルガリア行っててさ、栃木の農民の話書いてんだからさ、それが普通なんだから、俺の実情は。知床の寒いところ行きながら、沖縄の南の海の話を書いているわけ。これはその、どこを切ってもさあ、世界の構造の質みたいなものがさ、質が同じだというさあ、絶対変わんないんだという。もちろん、その土地その土地の感動みたいなものは一様にあるんだけれど、でもそんなに世界は変わんないんじゃないかいという意識があってね、これは自分の生き方の中から出てきたんだと思うんだよね。いま、溜めこみ溜めこんでいて俺、いくら書いても間に合わないんだもの。こう自分が出していくものがさ、こう表現しようとしているものがさあ、いま入ってくるものにどんなに頑張っても、どんなにフル回転しても追いつかないの、それくらいいろんなものがこっちにやって来るのね。

福島●いままで、歩んで来たいろんな所に、突き刺してきたたくさんの点が、すごいエネルギーで、がーんと結び合ってくるということかい。

立松●点がそうだね、点がいつのまにか面でなくて、空間になってきたりね。だからいま、時代の激しい動きみたいのに晒されていくとさ、やはりそんな中でも文学しようかと思うわけだ、こっちは、そういう条件の中で。だから、生きる、毎日の生きる時間の中でからしか、小説でも文学でも出てこないんだから、やはりそういう生活をしていれば変わるのは、変わるというか、それなりの文学になってくるわけだよ。

光匂い満ちてよ

福島●まあ、まったく関係ない話になっちゃうけども、そいじゃ、そういうテレビの仕事なんかも止めちゃってってっていう、発想はない。

立松●いや、やりたい事はやろうと思っているから。ただ、テレビの仕事って簡単に言うけどさ、一つしかやってないわけだよ。他でいろいろ来るしさ、それはコマーシャルとかいろいろ来るさ、でもいま全部断っているもの。俺、やっているのはほんと大袈裟に言えば十分の一以下だね。百分の一くらいの感じだよ、来る仕事で。

福島●そんなに来るのか。

立松●いや、そんな来るって変な言い方だけどさ、好きなことしかやっていないの。あとね、例えば、ほだされるっていうことがあるわけよ。この手紙読んでごらん、行くことにしたんだけど。人の生き方っていうのにさ、やはり興味あるからね。やはり、一生懸命生きてる人間がいるんだよ、あっちこっちに。

福島●これ読んでいいか。

なるほどね、佐賀県で米作って、農業で生きていこうと決意した青年だね。俺たち都会の人間は、こんな実情関係なく、のんびり御飯食ってっけど、大変なんだな。

立松●いろんなところから来るんだよ。

福島●俺がいままで読んできたもので心に残ってるっていうのは、『光匂い満ちてよ』な。あれはちょうど一九七九年に刊行されたわけね。俺、前、確か文庫本なったとき解説ん中で書いたんだけど、これを書かなかったら立松は八〇年代を迎えることができなかったってね。つまり、次の小説書けなかったっていうようなことを書いたんだけど。どういうことかって言うと、人を殺しちゃうわけだよな、あの、ゲバをやっちゃうわけだよな、正義感に燃えて活動始めた奴がさあ、時代が急激にどんどん冷えていって、まわりの連中だんだん抜けていったんだけど、踏ん切りつかないまま周辺にたむろしていた学生が、気がついたら、内ゲバの指令受けて、断わり切れないまま襲撃に参加して、結局人殺しちゃうんだよな。確信してやったんじゃあなくって、運悪くやっちゃったんだよな。

考えてみれば、俺らのいた時代っていうのは、誰でもがそうなっちゃったか、分からないんでね。俺だってそうだ。最後までやってた連中、ずいぶん死んでる。

立松和平は、それを作品の中で、文学の重みとして背負い続けて来たってわけだ。そういう意味では、自伝に属するような小説じゃないかと思って読んだんだけどね。七〇年のなかばぐらいから、立松、あれ、何度も何度も書き直して、八〇年の前年、七九年に一巻に纏めてるよね。

立松●一つ一つの作品が全部必然性があるんだよ。それは、あの、大きな転機になった作品もあるしさ、失敗することによって成功したとか、ようやく前に進めた作品だってあるんだしね。

福島●そうだな、いままでの大別すると、いわゆる全共闘から発したもの。それから故郷へ帰って行って出てきたもの。そこから発して『性的黙示録』にいたるまでの作品。それからもっと溯って、自分の生まれる以前の、未生のあたりから発したところの『歓喜の市』、そういういろいろな大別ができると思うけれど、それが全部繋がり合っているっていうかね。

立松●それは、福島さんだってそうだべ。短歌、それは一つ一つの短歌っていうよりも、歌集というレベルでみればどれも必要だよね。一首として無駄はない。(こうしている間にも、ひっきりなしに電話のコールがある。居間で美千繪さんが応対し、急を要するもののみを、書斎につないでくる)。

おかしいよ。なにかおかしいよ。米自由化反対で俺はコーディネーターやっているんだけど、七〇〇〇人集会、あした武道館でやるのつぶれたんだよ。二十日、今度は日比谷で「全中」が五〇、〇〇〇人大動員。そういうすごいこと始まるんだけど、しかしなあ、長いこと準備してきたんだろうに。なんか、おかしな。おかしいよ。なにかこう、時代がおかしくなってきたな。怖い時代になってきたな。

鎮めるとは、書くということ

福島●しかし、大変なもの背負っちゃったな、小説もな、ええ、おい。次から次、イメージ湧いてきてどうするんだよ。百、二百生きなくちゃ、すまないじゃないかよ。

立松●いやあ、途中で断ち切られるだろうけれどね。それは行き着くとこまで行き着けばいいのであってね。でも、例えば書こうと思ったらそういう話、がふっと浮かんでくるからね。これは業なのかもしれないけれどね、でもお陰で、このままで書き続けていけるんだよ。これを、こういう気分をなんとかしないと、鎮めないと、俺も。この気分を鎮めて、鎮めるというのは、書くということさ。

福島●昔からそうか。

立松●昔から同じ。

福島●書こうとして、いろいろ考えて書くんじゃなくて、どんどんどんどん動いていて書きたいものが迫ってきて書く、そんな場合が多いのかい。

立松●ポコポコポコポコ湧いてくるんだな。そういう、なんか、業なんだろうね、それも。そういう業を持っちゃってるから、とにかく書かないではいられないんだね。

福島●いまが一九八八年の秋だけれど、六九年ぐらいから書き始めているんだな。すると、二十年近くということになるんだな。

立松●そうだね、二十年だね。

福島●よくきたな。ここまで。

立松●まあだけど、こういうのは道があって、無い、行き着く先も無いしね、どうなるか分からないけれど。でも、そういう書き続けられる、内側と外側の条件があるかぎりやっていくし。でも、俺の場合はね、戦略とかそんなのなんにもないわけよ。文壇の付き合いも全然してないしさ、ほとんど一人でやっているつもりだし。そりゃあ、出版社とか、そういうものないと成立しないよ。分ってるけれど、身の周り見渡すと作家、文学やってんのは泰樹さんだけだよ。おそらく、誰とも付き合っていないよ、俺は。まわり見るとボクサーとかレイサーとかさ、そんなのばっかりだもの、いまは。ただ、そういう連中がいろんなものくれるわ。百姓、漁師とかさ、本当にそんな人ばっかりよ。

福島●そうか。いま、たとえばもの書いている奴の中でな、いろいろ友情関係だとかあるだろうけれど、そんなもの全部捨てちゃってよ。これはすげえ、こいつはライバルだというのはいるか。

立松●福島泰樹じゃない。

福島●正直に言えよ。

立松●別に誰っていうことないよ。あんまりそんな、昔から俺は自分のことしか考えて来なかったさ。

福島●かつてはやはり、中上・立松っていうふうに俺たち認識した時代もあったしよ、十年くらい前だけどな。

立松●いやあ、やっぱり誰ってことないな。俺は自分でやっていることを、俺みたいなやり方……それは批判もあるだろうけれど、俺しかできないと思っているもの。そりゃ、いいものができるときもあるし、駄目なときもあるだろうけれど、これしかできないんだからさ、その時、駄目だったら、もう死ぬしかないんでない。そういうもんだと思うよ。人の文学の状況を見ながら書く文学じゃないから、俺なんか。ぜんぜん関係ないから。

で、それは分かるからね、自分で。現実に編集者が来て書け書けって言う時もあったし、ほとんど言ってくれない時もあったしさ、いまはもう書け書けだよ。だけどそりゃあ、本質的なところでは変わんないから、いろんな文体変わったりとか、そういうことはいっぱいあると思うけれど、姿勢みたいなのは変わんないからね。

福島●そうだな、しかしいろんな今日に至るまで選びがあって、誘惑があっただろうしさ、また一回は集英社の就職決まってて、それ蹴って、結局、「早稲田文学」新人賞獲ったわけだ。亡くなっちゃったけど、有馬頼義さんがな、歩きながらポケットから、二万円やにわに出して、「ワッペイ、賞金だ」ってくれたっていう話、いい話だな。それがまあ、第一回の「早稲田文学」の新人賞になって、それからずうっと、中断しちゃったけど俺たちが編集委員の時、再開されたわけだ。

立松●有馬さんに、ずいぶん可愛がってもらった。俺なんか、まったく無名の学生だもの。〈石の会〉っていうの有馬さんやってて、毎月大勢いろんな作家が集まっていた。身銭切って、人、世話するんだな。「早稲田文学」だって、身銭切ってやってたもの。もう、あんな人はいないだろうな。現実問題として、有馬さんみたく、俺、いま、学生の小説読んで、一人一人批評してやれないもの。

いつも同じ顔をして、書く

福島●そうだろうな。有馬さんの名前が出ると、やはり昔を思いだしちゃうよ。立松もいろいろあったな。……小説書きながら、いろんなアルバイトやってきちゃってよ。栄養失調なって、食いっぱぐれてるはずなのに、大ロマンがあってよ。駆け落ちして美千繪さんと一緒んなってよ。まあ、自伝『蜜月』の世界だけどな。それで、相変わらず放浪の夢追っかけて、インド行ったり、結局食いっぱぐれちゃって、故郷宇都宮に帰って市役所の職員になって、五年九か月、いたわけだな。その間も小説ずっと書いてよ。いつでも書いてな、本当にあれには頭が下がる想いがした。本当に、どんなときでも書いていたな。

立松●やっぱり、書かざるを得ない、書かなくてはいられなかった、それっきりなかったからね。

福島●だってよ、一日仕事やってよ、宇都宮にいる頃だって、酒飲んで帰って来るんだろう、たいがい。俺も泊まらせてもらったことあるけど、あの田舎道一〇キロぐらいあるんだろ、街から。それ、自転車で通ってんだよな。よく、書いたよ。

立松●酒飲んで帰って来るっていうのは、毎日じゃあないよ。せいぜい週に二回ぐらいだよ。だって、いつでも書きたかったもの。酔っ払って帰って来ても、夜更けの庭に出て、木刀の素振りして、酔い覚ましてからそれから書いたよ。

福島●そこが違うんだな。たいがい、プロレス観て、寝ちゃうよ。

立松●仕事中でも書いていたから（笑）。

福島●そうだな。俺が、愛鷹山の村ん中から出した『晩秋挽歌』、あの歌集、七〇年代の前半だよ。

あの栞に、立松書いてくれてるんだけど、いま僕は、これを市役所のデスクで書いています。同僚が時々となりの机から覗きこんでくるけど、小さい字で書いているから分からないはずです、ていうようなことが書いてあったもの（笑）。

しかし、本当に書きまくってきたな。

立松●だけどこれは書き尽くすということないからね、これはもう永遠にないでしょう。自分がいろいろなハンディ抱えて、体壊したり精神障害とかで、書けなくなったりすること以外はさ。

福島●テーマなんていうのは時代に関係ないな。もう、しょうがねえな。

立松●だから、これは時代に寄ったり、寄り添ったり離れたりしながら、こっちに来たり、向うに行ったりしながらさあ、いくんで。飯さえ、なんとか食わせてさあ、なんかのかたちで飢え死にさえしなければさ、いいわけだよ。金なんかも入ってきたり、入ってこなくても同じ顔していればいいんでさ。

福島●今日この家来させてもらって、俺が初めて来たときは、この家建てたばっかりでよ。宇都宮引きあげて、四年ぐらいたつかい。あれから俄然、忙しくなったよな。それでこの部屋……。

立松●ああ、荷物なかったろう。

福島●なんにもなかった。がらんどうで。書斎があって、いま俺たちが座ってる控えの間があって、ああ此処で編集者が原稿待つのか、と思ったけど。ここまで書斎の延長じゃないか。

立松●ああ家が本箱んなっちゃったよ。

福島●立松和平がインドを放浪している時、生まれた心平も、もう高校生だ。まったくあの頃は、青春の真っ盛りだった。

立松●子供ができてたから、もう終わっていたろうね。それをさ、納得できなかっただけでさ、終ったっていうのを。

福島●よし、時間だ。ありがとう。

「季刊月光」四号　一九八九年

立松和平の人間ランド

①敗れた闘争　短歌でプレーバック

上を向いて歩けば涙は星屑のごとく光りてワイシャツ濡らす

立松さんは〝魂の歌人〟をゲストに迎えた。東京は下谷・法昌寺の住職でプロボクシングのトレーナーの資格を持つ歌人の福島泰樹さん。心の内を聴衆に投げつける福島さんオリジナルの「短歌絶叫コンサート」同様、二人は思いのたけを話しあった。（東京・渋谷で）

青春の六〇年代

カラーシャツ。大柄なネクタイ。短い髪。レーンキャップ。福島さんは一見、怖ソーなんです。立松さんが「オレの一番の親友」と言うように、二人は飾り気のない、素の言葉で語り合う。

立松●今度、ＣＤ（「福島泰樹短歌絶叫〜中原中也」東芝ＥＭＩ）が出たね。これまでずっと絶叫コンサートをやり続けてきたけど、何年になるの？
福島●去年、浅草公会堂で二〇周年のコンサートをやったから……もう二一年。ちょうどオレたちが会ったころに朗読をはじめて、「短歌絶叫コンサート」は七五年からなんだ。
立松●あのころはほかに短歌の朗読をやってた人はいたの？
福島●だれもいなかったなあ。詩の朗読なら盛んにやってたね。オレが始めたのは一九七〇年の三月だよ。
立松●一九七〇年三月かあ……オレは学生だったな。
福島●そう。「早稲田文学」をやってたときだ。
立松●あのころ、小説家として未完成だったし、ゼンゼン発表もできなかったんだけど、オレはね、泰樹さんの歌集『バリケード・一九六六年二月』で衝撃を受けたよ。泰樹さんはオレよりちょっと年上なんだけど、あのときオレは「早稲田文学」を編集していて、自分に一号を任せてくれることになったの。そんときに、この人の、泰樹さんの原稿をもらいたいと思って行ったんだよね。
福島●あのときは、無名の作家とさ、まったく無名の、一冊だけ歌集を出した歌人とさ……。
立松●無名の歌人じゃなかったよ。もう有名だったよ。
福島●いやいや、春浅い大塚の酒場で酒飲んで。あのときに立松がね、いろんな話したよな。そういう意味で立松和平はたぐいまれな語り部でもあるしね。あなたには、なんなんだろう……子供のころから物語みたいなのが出てくるわけ？　空想好きだとかさ。

立松●虚言癖とか（笑）。そんなことはないんだけど物語で世界観をつくる傾向があるんだよね。人間てのはさ、いつも物語が欲しいんだよ。どんな物語でも欲しいんだよ。そりゃあ短歌だって物語だしさ、一九六〇年代後半から七〇年というのは、自分たちの青春の物語でもあるね。オレが原稿依頼するんでさ、大塚にある法華宗の宗務院に訪ねて行ったんだよね。〈どういう人かなあ〉って。僧籍にあるってことだけがわかっていて。で、会ったら、なんちゅうか、凶暴な感じなんだよな（笑）。

福島●オレは、坊主になるのにいろいろ葛藤があったけども、あのころは、ちょうど修行が終わって、出てきたころ。三年修行やってね、まあいろいろあったんだけど。長い髪をそるって……まあいいや、そんな話は。

立松●いやいや、それ聞いたことないよ。その長い髪をそるってのはさ、ある世界に自分を閉じこめることでしょ。だからそれはそれなりに非常に覚悟がいるよね。

福島●オレはさ、立松が早稲田に入ったころに受験阻止の闘争をしていたんだよ。立松が入学したときオレは四年生だった。そのころ入学阻止闘争ってのを編み出してやってたわけだ。

長い髪をバッサリ

立松●入学阻止闘争が成功しないでよかったよ、オレは（笑）。

福島●入学生に恨みはないんだけどさ、その後の全共闘の闘争のパターンを全部オレたちがつくったんだよな。それでオレは一年留年してさ、坊主になったんだ。それで、修行先の寺の前に床屋があってさ、長年のびてきた、女にはあまり触ってもらったことはなかったけれども、その髪を切ったときの思いってのはいまでも忘れられないな。それから羽田闘争だとかそんなのがあって、それを修行先で知ってさ、にっちもさっちもいかないわけだよ。ただ新聞を買いあさって読むとか、塀を乗り越えてテレビを見にいくとか、一回はやり切れなくなって羽田まで行ってデモの隊列の来るのを待って飲んでたこともあったけどね。修行先で悔しくてしようがなくて。それで自分たちの敗北した闘争をさ、オレは短歌をずっとつくっていたから、短歌でもう一度、再構築してみようと思ってできたのが『バリケード・一九六六年二月』っていう歌集なんだ。

立松●あの歌集っていうのは、オレなんか若かったし、自分自身の表現は持ってなかったわけ。なんかこう自分たちの思いというのを表現するのは肉体しかなかったわけ。デモに行ったりとか、機動隊に石投げたりとか。そういう表現形態しかなくてさ。それを泰樹さんは『バリケード』にちゃんと短歌で、歌集で、その時代に対して物言いしたんだよ。オレも言葉をちゃんと使いたかったの。そんなこと思っても簡単に表現できるわけじゃないでしょう。だから自分で小説書きたいと思って、『途方にくれて』なんか書いてたけど社会に相手にされないわけ。「早稲田文学」にはたまに載せてもらったけど、原稿料もらえるような雑誌には載らないわけ。袋小路みたいなとこにいたんだ。短歌でもそうだと思うけど、歌人で歌集を持っていないと、一人前じゃないでしょう。小説家で単行本がない小説家なんて一人前じゃないよ。オレがそれだったわけ。そういう状態が一〇年ぐらい続いたもん。

福島●立松は単行本さえなかったけど、若い、文学を志とするやつはみんな立松を知っていたよ。地道に書いていたのを。「早稲田文学」がどのくらい出ていたか知らないけど、読むやつはちゃんと読んでいたんだよ。あのころは随分飲んで歩いたけど、どこへ行っても〝わっぺいさん〟って親しまれていた。下宿の汚い机の上からさ、立松がいろんなところへメッセージを送っていたからなんだ。

立松●たとえば、先行世代がいろんなことを言ってたけど、オレたちの内実みたいなものを表現してくれる小説はなかった。自分たちでつくるしかないわけ。ある意味で世代の闘争だった。もっともいま、オレたちは若い連中に闘争しかけられてんだよ。

福島●しかし、オレなんかまったく無視。無視してるっていうか、面白くもないし、屁《へ》でもないね。短歌ではね。

立松●オレ、いまここへ来る前に俵万智さんと会ってたの（笑）。福島と会うったら〈エーッ〉つってたよ。林あまりさんとか、俵さんはどうなの？　論評はイヤか。

福島●（笑）……。

立松●でもみんな福島を恐れてるんじゃないの?

福島●だと思うよ。オレの「短歌絶叫コンサート」に匹敵する表現はない。とオレは思ってる。

②ああ悲惨 お金がなかった学生時代 新聞紙もゴックン

ヒマラヤへゆきたしあわれ雪渓を峰を越えゆく鳥に知らゆな

福島●オレがね、立松とあったころ、立松は剣道をやってたな。

立松●南阿佐ケ谷の須賀神社の境内でやってたの。あのころは一生懸命剣道やったなあ。週に二回か三回、夜集まってね。で、ものすごい剣道だったよ。機動隊とぶつかることを頭に入れてやってたから。

福島●防具着けてやってたの?

立松●防具がないんだよ。金がないから。それで『今も時だ』って書いて初めて「新潮」に載って、その原稿料はさ、何か残るもの買おうと思って、剣道の防具を買ったんだ。

福島●胴は赤、黒どっち。

立松●黒胴。

福島●オレもあこがれてね。赤胴買おうと思ったんだけど、買えなかったんだよ。

立松●赤胴鈴之助にあこがれたんだろう(笑)。

福島●オレも中学時代三年間、剣道やってたんだ。オレは中学時代ってのはめっちゃくちゃの剣士だったな。とにかくチャンバラが大好きで、中学入ったら剣道やるんだって、駒込中学で剣道やったんだ。オレはね、集団のプレーってダメなんだよ。

立松●オレもダメ。個人的な戦いだったらいくらやってもいいと思う。集団てさ、駄目だとひとに迷惑かけるだろ(笑)。オレはね、いまも素振りはやってるよ。

福島●郷里に帰って市役所に勤めていたときも、毎日、素振りしていたんだって。

立松●だれも相手いないんだもん。だから剣道とかボクシングのいいところは、シャドーできるでしょう。シャドーが基本なんだよね。

福島●そうなんだ、想像力だよ。シャドーボクシングをやってると相手が見えてくるんだよ。剣道だって相手が見えるから頭から当たってスーと下ろすわけだよ。

立松●下ろすってのは、切るんだよ、殺すんだよね。あのころオレはね、三〇〇人切ってたよ。

福島●剣道の素振り、シャドーボクシングは絶えず相手を呼び寄せるんだな、自分の切っ先だとか剣に。小説、オレのやってる短歌もそうだが、見えないものに絶えず語りかけてるんだ。

早稲田大学の学生で、雑誌「早稲田文学」の編集にたずさわっていた立松さんは原稿を依頼するため、歌人・福島さんを訪ねた。二人の結びつきは「早稲田」で始まった。

立松●「早稲田文学」がね、今年一〇〇周年なんだよ。多分、既存の雑誌じゃ一番古いんじゃないかな。

福島●その「早稲田文学」が展覧会をやったじゃないか。池袋の西武百貨店で。立松が、板橋で下宿していたころの部屋が再現されていたぜ。

立松●大きい展覧会をやるっていうんで、一番最初に出てくるのが坪内逍遙の机。で、ずーっときて一番最後が、オレの下宿を再現するっていうんで、協力したんだよ。

福島●当時のことを綿密につづった資料が出てきたよ。立松の『途方にくれて』が出て、雑誌の「すばる」で書評頼まれたんだよ。それにさ、オレが初めて立松の板橋の三畳の間だったなあ（「四畳半だよ」と立松さん）、あそこに泊まったときのことを克明につづってんだよ。オレが寝てっとね、天井からナイフだとかいろんな物騒な物がつるさがっていたんだ。

立松●あれはさ、アメリカのね、兵隊が銃に着剣する銃剣なんだよ。黒い剣で、あれね、闇の中でゲリラ戦すると怖い。光らないから。それがね、今回の話があってあちこち探ってたらごちゃごちゃ出てきたよ。

たまったボツ原稿

福島●あのころさ、机の中はそういう物騒な物ばっかりだったじゃない。それで、オレが寝てっと、いつ刺さってくるかわかんないようなさ、スリルがあったなあ。

立松●それでね、その展覧会のおかげで、あのころの下宿時代を思い出さなくちゃいけない状態になったわけ。板橋の四畳半に来る前、やはり四畳半だったんだけど、二人で住んでたの。

福島●おおっ、おおっ。

立松●違うんだ、女じゃないんだよ。男となんだ。一人二・二五畳、貧しかったねえ。

福島●そうだなあ。栄養失調になったもんな。

立松●そう。食いもんない金もないで、夜中に食いもんないかと思って、探したってなにもないんだよ。それで新聞紙食ったよ(笑)。新聞紙って食えるよ(笑)。油臭いんだよ、インクの。少し水で煮てね、黒いインクをもみ出さないと味が悪いけど、食えないことはない。

福島●しかし、あれから書き続けてきて、この一〇年だね、立松がめっちゃくちゃに忙しくなったのは。

立松●オレはね、『途方にくれて』の前から、一八歳ぐらいから小説書いて、そのころ書いたのはボツになったりしてずっと段ボール箱に入れられたままになってたんだけど、それが初期作品集として二巻（『人魚の骨』『つつしみ深く未来へ』六興出版）出たんだ。あのころは書いても書いてもボツで、でもその原稿は捨てられないんだよ。引っ越しのたびに持って歩いて。で、そのボツ原稿の箱を開けると、何かこう、騒ぎ立つものがあるんだよ。この世に生まれきれなかった恨みみたいなものを抱いた、そういう邪悪な存在がさ、ドーッとうごめいているような。

福島●書くってそういうもんだよ。それを封じ込めておき、またそれを開けるってのは、覚悟がいるよな。

立松●怖かったよ。でね、二〇年も前に書いて日の目を見なかった昔の原稿をいま読んでみると、悪くないんだよ。当時の悲しみとか、悔しさとか、喜びとかというものが字の動きからにおいたつようで、凶暴な得体の知れない物書きがここにいるなあという感じがするわけ。だから、オレとはまるっきり別の、世に出られない新人作家がいるっていう感じなんだよ。

福島●絶えず自分と出会うわけだ。

立松●昔の自分がそこにいるんだけど、他人なんだ。まったく別の作家。で、昔のオレが、いまのオレをアジってくる。糾弾してくるわけ。オレはいまのポジションにいる小説家として新人を見る目があるわけ。そこで、この作家をどうしようか、たたきつぶそうか、ていう感じがあるんだね。

福島●オレなんかいま、過去のものは一切見なくなった。昔書いたものを見てるとそこからまた歌ができてくるわけだよ。かつての自分がまだ出し切れていない部分が歌になってどんどん出てくるわけなんだけど、二度と見たくないな。不完全だし、ただ思いだけがあるだけで……。

③「死相が出てるゾ」ボクシングジムに強制連行

中年のボクサーなればジムを抜け走らず飲んでいるよ日暮は

立松さんのボクシングへの熱はこれまでの対談でもおなじみだが、その立松さんをボクシングの世界に引きずり込んだのが福島さんだった。

ボクサーへの誘惑

立松●テレビで辰吉（丈一郎＝世界バンタム級チャンピオン）の試合を見たけど、いいボクサーが出てきたね。

福島●いいよオ。辰吉はオレ全部見てるよ。辰吉で思うのは、ハングリーなんて何も生活の貧しさとかそんなものじゃないんだな。もっと、魂のハングリーがあるんだな。

立松●あれは何年前だろう……七年ぐらい前か、書き下ろしをやってて、昼も夜もなく書いてて、そのときオレを見て泰樹さんは〈死相が出てる〉って言ったんだよ。

福島●そうだ。あのときは寺山修司が死んで、その追悼コンサートに立松が来てくれたはいいけど、顔がさ、死相とは言わないけど、目がね、まず病人の目だったね。黒目がよどんでたよ。それでオレは坊主的な直感っていうかさ、〈立松危ない!〉と思ったんだ。もともと立松は鳶《とび》職人みたいな体してるしね。裸になるとスゲエ筋肉隆々としてるしね。これはやはり貴族の血じゃないな。下野《しもつけ》の農に生きる、そういう血をめんめんと引き継いだ、実にいい体だよ。その男がさ、疲れ切っちゃって、生気がなかった。

立松●あのときオレは命懸けの小説書いていたんだよ。『性的黙示録』を。

精も根も疲れ果て

福島●あの『性的黙示録』を、オレは〝コペルニクス的転回〟ていう書評で書いたけど、正に、死者だとか植物もそうだし、月の光、人間の存在そのもの、下界に遍在するすべてのものに命を与えた、スゴイ小説だよ。ああいう語り口ってのはいままで日本の小説にはないんだよ。歴史的な意味を持つ小説だぜ。それを書いてるころだったんだ。

立松●オレ二年間かかってあれしかやらなかったの。ちょうど宇都宮から東京に出てきたころで、ソレ書きたいから細かい仕事は全部断ってたの。二年間かかって一つの小説書いていくと、さすがに貯金通帳に残がなくなっていくんだね。追い詰められたけど、これやらないと生きていけないと思って、それなりに悲壮な覚悟でやってたんだ。

福島●それまでオレは元気な立松しか知らなかったしね。一緒に酒飲むとさ、青春時代の血が沸き上がってきて、酒屋のとこに積んであるビール瓶やコークの瓶をバーッと路上に投げたりなんかして。それでパトカーに追われたことがあったりとか、後で気がついてみると酒屋の旗だとか薬屋のリポビタンなんとかって幟《のぼり》を持ってさ(笑)、二人で深夜の街を練り歩いたとか、六〇年代の後半みたいなのがそのまま現れてる、そういう元気な立松だよな。肉体労働者と言われる連中よりもっと頑強な体をもっている立松和平がオレの中にイメージとしてあって、その男がさ、こんなに精も根も疲れ果てて小説に向かっている。それと出会ったんだ。それで〈死んじゃうぞお前、死相が出てるぞ〉って言ったんだよな。

立松●死相って言われてさ、びっくりしたよ。

福島●オレが言うと、坊主が言うとリアリティーがあるんだよな(笑)。

立松●で、オレがまたそういう小説書いてたんだよ。死者と戯れる小説書いてたわけ。そういうときに〈死相が出てるゾ〉って、しかも言ったのは坊さんだよ(笑)。そのときオレは〈ああそうか。オレはもう死ぬのかなあ〉と思った。でもねえ、友達ってのはありがたいなあと思ったけどね。〈死ぬからちょっと来い〉って言われて、病院に行くのかと思って付いて行ったらボクシングジムなんだもん（笑）、バトルホーク風間ジムなんだよ。あれでオレ、救われたよ。

福島●立松があの忙しいなかからさ、ボクシングに通いだしたんだな。オレもボクシング好きで、最初に見たのは、ピストン堀口の試合なんだ。ゲートル巻いたオヤジにおんぶされて、後楽園球場の真っ暗な闇の中で見てるんだな。戦後のすぐだよ。そのころからオレはボクシングが大好きなんだ。

立松●あのときは小説も止まってたの。渋滞してたの。それがジムに通い出して、グラッと動き出したの。

福島●そうか、そう言ってくれるとうれしいよ。しかし、オレが立松に悔しいのは、オレみたいにボクシング好きがね、日東拳のセコンドやったりとか、いまもジムに通ってるし、練習生でもあるし、ボクシングに対するいろいろの思いがあるのに、立松はたちまちにボクシングの本を何冊も書いてるだろう。

立松●『砂の戦記』……。

福島●それに『ボクシングは人生の御飯です』も。オレは悔しいぜ。

立松●でも、泰樹さんは最高年齢の練習生なんじゃない。

福島●そうだよ。四八になってね、でもオレはまだ若いヤツに負けないよ。ケンカしたって絶対負けないよ。女の子には負けちゃいそうだけどね（笑）。

沸き立つ面白物語

立松●そりゃあ負けるよ。ストレートで。しかしボクシングって面白いね。ボクシングってのは物語が沸騰してるから面白いの。

福島●そうだね。オレんとこ、日東拳に川名祝数っていう男がいて、タイトルマッチでロッキー・リンに負けちゃってさ。それでジムに来なくなっちゃったの。それがね、三年ぶりにカムバックしたんだよ。それでA級ボクサーのトーナメントで、カムバック戦に見事にノックアウトで勝って、いきなりフライ級の七位になっちゃってさ、勝ちすすんで今度は決勝だよ。

立松●アイツ根性あるんだ。素顔で見るとやさしそうで消え入りそうな男だけど。試合直前の気の入れ方ってのは尋常じゃないね。何にも見えなくなっちゃうんだね。

福島●それでいよいよ決勝戦で田村知範（オークラジム）というね、あのシンデレラボーイと言われた西城正三の育てた選手とやるんだ。オレはセコンドに付こうと思ってるんだ。この間さ、準決勝で二人が勝ち残って、控室が同じだったんだよ。そうしたら川名がね、あいつ、偉いんだよな。帰り際にね、田村んとこへ行って〈次の試合お願いします〉って、握手求めたんだ。その美しさってないな。ああいうこと一生のうち一度やってみたいな。雌雄を決する相手ににこやかなエールの交歓をしてさ、去って行った。田村知範てのがまたいい男なんだ。一一月一一日に二人は戦うからぜひ応援してやってくれよ。
立松●一一月の一二日にオレはアフリカのナミビアに行くんだけど。いい試合を見て旅立ちたいね。

④ 心は寅次郎　たこ八郎さん

星瞬き坂本九が歌う夜　たこ八郎はリングにありき

愛された斉藤清作

福島さんのお寺、法昌寺といえば、多くの人に愛されて逝《い》った喜劇役者、たこ八郎さんの〝たこ地蔵〟がある。役者になる前は全日本フライ級チャンピオンにまでなったボクサー、斉藤清作。思い出はつきない。
立松●法昌寺に斉藤清作さんの、たこ地蔵があるじゃない。あれはいいねえ。
福島●オレがいつも酔っぱらって帰ってくるとさ、たこちゃんがね、あそこに立ってんだよ。合掌してオレを待ってんだよ。オレはたまんない気持ちだよ。まいるぜ。たこが死んだのが四四歳。わしが四二歳だった。オレがさ、たこちゃんと立松が忘れられないのは、一緒にさ、新宿で酒飲んだじゃないか。そんときにさ、磨赤児がいたり、めっちゃくちゃに暴れてさ、それでたことどんぶりを一緒に食ってたら、アイツが鼻が出て、それがどんぶりの中にズルズル入ったんだ。しようがないからソレを立松にやったら、おまえさんはソレを知らないから全部食っちまってさ。
立松●あんときはめっちゃくちゃだったよ。磨と友川かずきは頭から豆腐かぶって、磨は親切だから友川に〈おまえ、みやげ持ってけ〉なんて言ってポケットにレバ刺し押し込んで。花園神社で芝居やって、その打ち上げで、みんなものすごいハッピーでさ、楽しかった。友川が次の日に電話くれてさ、〈磨さんと昨日会って楽しかった。ポケットからレタスとかレバとかいろいろ出てきてうれしかったです〉って言うんだ。
福島●その年にたこちゃんは逝っちゃったんだよ。『六月の雨』っていう樺美智子らを追悼したオレのコンサートが安田生命ホールであって、六月一五日、そのときにたこちゃんが来てくれて。それからうちのお寺のお祭り来て酒を飲んで、それから数日後に死んでるんだ。
立松●そうだったねえ。
福島●そして、たこ地蔵ができた〝百か日〟の日、一〇月二四日、実は浜田剛史が世界チャンピオンになった日だよ。その日、二〇〇人もの人が〝百か日〟に集まっていて、オレはその司祭者だし、たこ地蔵が立ってオレは抜け出すことできなかったんだけど、オレは浜田の試合、どうしても見たかったんだ。

立松●それで二人で行ったんだ。

福島●〈悪いけど檀家さんでちょっとあぶない人がいるんでお見舞いに〉ってウソついて抜け出して。立松に小さい声で〈オレ、浜田見に行くけど、来るんだったら入谷で待ってるぞ〉ったら、来たんだよ。それでオレは一ラウンド始まったと同時にかぶりつきで。

立松●セコンドよりもリングに乗り出しちゃって〈イケイケ！〉ってやってんだ。

福島●あとでテレビ見たらオレの声しか入ってないぐらい騒いでいるわけ。あのあと沖縄の連中とさ、立松も沖縄で随分顔売ってるから〈立松さん立松さん〉って言われてさ。

立松●みんなで沖縄の歌うたったんだよ。楽しかった。浜田はよかったなあ。絶好調で、人生の最高のとき。

福島●それに浜田ってのはブランクを克服して頑張った男だな。

立松●そう、左のナックルを何度も骨折したりしたもん。

福島●ボクシングを通して人格のできた男なんだ。だからアイツはマレだな。でさ、その浜田の試合見たさに、〝百か日〟の司祭者であるオレは寺を抜け出した。オレはたこちゃんに謝らなくちゃいけないんだ。

「家庭」を望んだ男

立松●たこさんをちゃんと供養してる？

福島●いやあ、供養どころじゃないよ。このところたこの取材が多くなってね。きょうもテレビの取材の申し込みがあったけど、オレいないからって断ったんだ。

立松●斉藤清作。みんなに愛されてんだよ。この対談で原田さん（ファイティング原田）をゲストに迎えたときもたこさんの話をしたの。

福島●そうか。たこちゃんが最後に飲んだ……原田さんは酒飲まないけど、最後に会ったのが原田政彦なんだよ。同門で同クラス、表に出てないいろんなことがあった二人なんだ。あれはすごい因縁だ。

立松●オレさ、たこ八郎っていうよりも斉藤清作なんだよ。たこ八郎っていう人も好きだけども、〈全日本フライ級チャンピオン斉藤清作！〉っていう、そういう思いがあるから。オレ、たこさんとこんな話したんだ。たこさんと歩きながら〈バトルホーク風間に練習生として入ったんです〉っていったら〈そうですか〉って実にいい顔して言ってくれた。あとなんつったかゼンゼン忘れたけど、そのあとしばらく歩いていたら、突然、夜空に向かって〈家庭が欲しい！〉って叫んだの。

福島●ダレが？

立松●たこさんが。それが切実だったたんだ。涙が出そうになった。

福島●死んでさ、お地蔵さんになる人間なんかいないんだよ。師匠の由利徹さんが悔しがってたもん。〈オレが死んだってオレはお地蔵さんになれないゾ〉って。たこちゃんはお地蔵さんになって、大勢の人間に拝まれてさ、すごいことだよ。たこちゃんって、なぜ、お地蔵さんになれたかというと、なんにも持とうとしなかったからなんだな。

立松●そう。無垢《むく》だったんだよ。

福島●魂の無垢もあるし、物を所有することのむなしさを知ってたんだな。

立松●たこさんはさ、寅さんだよ。〝男はつらいよ〟の車寅次郎だよ。いまだに愛されてるもんね。普通ね、死んで七年もたてば、友達は変わるよ。それがダレかと酒飲めばさ、彼の話が出ないことないじゃない。

福島●オレはいま女子大で教えたり予備校で教えたりしてるけど、話をするとあのころ子供だった人もみんな覚えてるよ。そしてニコニコって笑うんだ。たこちゃんは立松が小説書くようにさ、自分で起承転結をちゃんとつくっていいとこへ行ったんだな。

立松●そうだと思う。お地蔵さんになったんだもん。

『たこ地蔵』のある法昌寺（東京・台東区下谷二の一〇の六）は、ＪＲ山手線・鶯谷駅から歩いて六分ほど。境内に入って右奥、たこさんが合掌して迎えてくれる。合わせた手の下に「めいわくかけて　ありがとう」たこさんの名語録。足元には大好きだったお酒と生娘をシャレ、清酒「貴娘《きむすめ》」

が。中身はなくなりそうになっていた。たこさん、ときおり合掌の手を休め、グビッとやってるようだ。

⑤ガッツ石松さんに怒鳴られた

枡酒やあかるいひかり照らしてよ力石徹　ウルフ金串

元世界チャンピオンのガッツ石松さんと立松さんは同郷。三六歳からボクシングを始めた立松さんにガッツさんは「オレもいまになって本を読んで勉強しているんだ、立松さん、同じじゃないの」と言ったという。ガッツさんのこの言葉に立松さんは感動した。そして福島さんは二〇数年前、無名時代の石松さんと屈折した出会いをしていた。

二五歳、生意気盛り

福島●立松はさ、ガッツ石松と同郷で、それにガッツと対談とかもしてるけど、オレもさ、ガッツと出会ってるの。一九七〇年、立松と会ったころ、七〇年安保に向かってさ、変な話なんだけど、体だけでも鍛えておこうと思って。昔、米倉さん（健司＝ヨネクラジム会長。現役時代、二度世界タイトルに挑んだがいずれも判定負け。三八年に引退して同年ジムを開設。自らの夢を後進にたくし、柴田国明、ガッツ石松、中島成雄、大橋秀行の四人の世界チャンピオンを育てた）て大好きでね。ボクシングやるんなら米倉ジムに入ろうと思っていたんだ。で、入ったんだよ。五年の学生生活と坊主の修行が終わってさ、まあ一服ついてたときで。年は二五だ。まだ若い。若いったって、ボクサーとしてはもう年寄りだからね。

立松●でも、やろうと思えばできる年だよ。

福島●とにかく体鍛えてね、これから戦うんだ、なんて意気込みでさ、ジムの門をたたいたんだよ。それでね、最初の練習のときに、オレは待合室でね、ゆっくりとたばこくゆらせていたんだ。プワープワーとね。それでほかの練習生たちは床ふいたりしてんだよ。そんときオレのことを〈キサマー、コノヤロー！〉ってどなったヤツがいたんだよ。オレも〈なんだ、コノヤロー！〉っつってね、どなり返したよ。

立松●それが石松さん？

福島●ガッツ石松だよ。

立松●いいじゃないか。いい話じゃないか。

福島●オレもね、あのころはちょっとグレてたっていうか、気持ちが強かったね。オレはもう峠を越えているし、ボクサーになるつもりじゃない、体鍛えようと思って入ったんだよ。だから〈テメエなんかに言われる筋合いはない〉と思ってたんだ。それをどなったのがガッツだよ。

立松●そりゃあガッツさんが正しいよ。

福島●そういう強烈な出会いがあったんだ。それと、オレがたばこをやめたのはボクシングのおかげだよ。立松は？

立松●オレは三六歳でボクシングはじめたから、それは息が切れるよ。それでね、少しでも続けたかったから、たばこやめればちっとは違うかなと、やめたんだけど、それ以来やめてっからね。

福島●オレはさ、一一年前、三七歳で日東拳ジムでボクシングを再びはじめたわけだけど、そのころたばこは一日一〇〇本吸ってたよ。で、一日練習して、オレは四回戦ボーイと戦ってもってぐらいになってたんだよ。でもさ、オレは酒飲んで、ビール飲んでっていう生活だろ。そのころバトルホーク風間がトレーナーでいて、ジムの中で試合をさせるんだよ。立松も一回見に来てくれたろ。一回勝ったんだよ、不戦勝でな（笑）。

立松●ボクシングじゃ、そういうの勝ったっていわないよ（笑）。

福島●（笑）でも勝ったんだ（笑）。で、一八歳の、背のでっかい野郎に、ノックアウトで無残に負けちゃってさ。そのころから一生懸命練習した翌朝、起きて一服やろうと思っても段々吸えなくなったんだよ。ハアハアしちゃって。それで午前中吸えなくて、昼メシ食べて午後になってやっと吸えるんだけども、そんな状態が続いてさ、自然にやめられたんだ。全世界に向かって提言したい。たばこやめるには薬いらない。意思もいらない。過激な運動をめちゃくちゃにやれば吸えなくなる。ただし、その運動は希望に満ちた未来に向かっての運動でなくちゃダメだ。それはボクシングしかない(笑)。だからどうしてもたばこをやめたいって人は、汗を流してむちゃくちゃに体を動かしたら、翌朝たばこなんて吸えっこないんだよ。

立松●ホント、ボクシングは気持ちがいいねえ。

ドジョウへの郷愁

この日、対談は東京・渋谷の「駒形どぜう渋谷店」で行った。鉄なべにドジョウを並べ、その上にきざみネギをたっぷりのせて食べるドジョウなべ。それをつっつき話が弾む二人。やがてドジョウの空揚げが運ばれてくると、話は突如、ドジョウ談議へ方向転換。

福島●立松の田舎にはドジョウが随分いたろ?

立松●こんなシャレた食い方はしなかったなあ。だいたいみそ汁だなあ。生きたまま豆腐と一緒に煮るとさ、ドジョウが豆腐の中に入るんだよ。悲惨なんだ。

福島●熱くなるから冷たいとこに入るんだ。立松は故郷があるけど、オレは故郷がないもんだから。

立松●あるじゃない、下谷に。

福島●いやいや、下谷は住んでんだから、故郷じゃないよ。故郷には違いないけど、要するに、田舎っていえるものがないんだ。それで中学時代から、田舎のあるヤツの家に必ずひと夏行っちゃうわけ。中学二年のとき、栃木の黒羽からかなり入った山の中でひと夏過ごしたんだ。そのとき三食麦メシで、おかずは梅干し、あとなんにもなし。みそ汁が一日一回出る。そこにドジョウが入ってんだ。オレはあの生活をして、田舎の生活ってこんなにすごいもんかと思ったよ。

立松●あのころは栃木だけじゃなく全国的にそうだったよ。だから、ドジョウとかナマズは貴重だったんだ。それが田んぼの横に流れてる川のどこにでもいるんだもん。

福島●手ですくえるよな。

立松●冬だってね、ドロの中すくうとドジョウがいたから。だから、このドジョウってのは相当ね、人命救助したんじゃない。

福島●それがね、農村の唯一のたんぱく源といっていいぐらいだよ。オレたちだって、不忍池の近くの川にもドジョウはいたし、お花茶屋へ行っても田んぼだったし、子供のころは自分でドジョウとってきて食ってたわけだ。だから日本人のさ、命を救ってきたのはドジョウじゃないかと思うな。

立松●そう、ドジョウと、もう一つイワシだと思う。

⑥帰ってこいよ僕らの東京湾

ふらふらと路地を曲って帰らざる哀愁の街霧ながれろよ

願い

立松●ついこのあいだ、東京湾を船で走ったんだけど、それで感じたのは、東京湾てのは、ものすごくいい海だったね。いまでも面影はあるけど。

福島●遠浅でね。だから徳川さんじゃないけれども、幕府ができるんだな。温暖なね、いろんなものをすまわせた、命をいっぱい養った海だね。

立松●生簀《いけす》みたいな海でね。回遊魚も入ってくるんだから。カツオも昔は入ってきたらしい。マグロだってきたんじゃない、ひと休みしに。イワシはいまでも入ってくるからね。江戸前の魚なんてさ、あの江戸湾が養って、それはいい海だったよ。

福島●そこに荒川があり江戸川があり、そういう川が海へ注ぎ、そこでまた、文化ってやつができてきて、江戸の時代ってのは美しかったろうな。自然と一体となって、人間も美しかったと思うよ。

立松●江戸の文化ってのはさ、たとえば町人文化ってのは、寝るところはさ、長屋で布団さえあればいいやって感じだった。家の中でも料理しないで外の屋台で食ったり、長屋に縁側があって、居間は外だったの。だからものすごく開かれた生活してたみたいね。江戸の人ってのは。

福島●ただね、恐ろしいのは、オレんとこから一キロぐらいのところに小塚原の刑場跡があるんだね。あそこでさ、二二〇年の歴史の中で二〇万人が処刑されてんだよ。泪橋があって、そこで別れをしてさ。二〇万人だぜ。ほかにも鈴ヶ森の刑場があって、それから板橋にも幕末にあったし。だから、人間はとっても美しかったかわからないけど、すごい時代でもあったんだよ。

立松●でも、もっといまの方が殺されてるかもしれないよ。生物としては実際に命とられなくたって、やっぱり海が死にゃあ精神が死ぬことなんだから。だからオレね、どこへ行っても思うんだけど、たった三〇年前のさ、川とか海の様子を取り戻したいね。三〇年前なんて、人間の命からっていうか地球の歴史からみればたいしたことないわけでしょう。

福島●この一〇〇年でこんなにしちゃってさ、お返ししないで死ねないよ。オレらの子供のころは浦安あたりからオレんとこまで自転車で一時間ぐらいかかるんだ。その浦安から毎朝、四時っていうと子供たちがな、〈アサリー、シジミ〉ってね、売りにくるんだよ。子供のころは浦安へ泳ぎに行ったし釣りにも行ったしね。美しい海岸だった。漁村があったんだよ。その思い出語ったらね、つきないよ。オレが初めて泳ぎを覚えたのは不忍池だったしね。

立松●エーッ、あそこで泳いだの。

福島●水はよどんでいたけどね。オレは浅草のひょうたん池に魚をとりに行ったよ、四つ手網持って。

立松●昔の東京湾って、きれいだったらしいなあ。オレなんかも栃木から、よく船橋ヘルスセンターとかに来てさ、潮干狩りやったよ（笑）。いっぱいとれたよ。

福島●それは親と出てきたの？

立松●そう。観光バスで。

福島●わざわざ東京湾まで潮干狩りになあ。そうか、栃木には海がないからな。それはヘルスセンターにストリップ劇場ができる前かな。

立松●子供だからストリップ劇場なんか知らないよ、オレ（笑）。

福島●オレたちは大森海岸で泳ぎをしたわけよ。

立松●海が汚れたのが一番変わったことかもしれないね。オレの知ってる海洋生物学者がね、海に汚いものはないって言うんだよ。ゴカイはうまいって言うの。ゴカイ食うんだよな（笑）。それで、いろいろ食ってみたんだって。〈舟虫だけは食えない〉って言うんだ。その舟虫が少なくなったんだよ。

福島●昔はいっぱいいたなあ。コンクリートのとこだってどこだって海岸行けばブワーッと足の踏み場もないほどいたもんな。オレもここ数年見たことないな。

立松●そりゃあ新宿とか渋谷の海に行ってちゃ見られないよ。

福島●おおっとオ。

立松●自然てのはうまくしたもんで、ゴカイ食う人もいるけど、どん欲なね、破壊の王たる人間は、虫食べないでしょう。ハチの子とかさ、少しの例外はあるけど。人間がね、虫まで食いだしたら、鳥とか魚は生きられない。でも、人間はどういうわけか虫食わないんだね。

福島●うん、食わないな。

立松●虫っての、たんぱく源が一番豊富なんだから。でも、虫は食うなヨ(笑)。

福島●そんなこと言うと、食い出すヤツが出るゾ(笑)。人間の趣向がさ、虫にいったら、生き物は全部生きられないな。オレ、イナゴが好きだけどな。

立松●イナゴとか少数の例外はあるんだよ。でも、イナゴとハチの子とザザムシだとか、そのくらいでしょう。人間が食べる昆虫ってのは。

福島●あと、スズメ焼きってあるじゃない。オレらの下町の食いもんだよ。あれやっぱりオレなんか一、二度食ったけど、食えないんだな。日ごろ親しんでいるスズメだろ。いつも朝、チュンチュンって来てさ。それが、羽むしられて、焼かれて、変わりはてた姿のやつを、かじるとさ、頭の骨があるんだな。その中に小さい脳ミソが入っててさ……なかなかスズメは食えないな。

いなせな下町気質

立松●でも泰樹さんは下谷だけど下町っていいよな。

福島●やっぱり生きるエネルギーだよ。それにオレは〝いなせ（鯔背）〟って言葉が好きだね。いなせでいたいねえ。そういう気質の人がね、オレの回りには何人かいるよ。オレの寺（法昌寺）の本堂で「下谷落語会」ってのをやってんだけど、その人たちが手伝ってくれている。いなせだよ、みんな。無理するしさ。それで、自分の姿をきれいにとどめようとするんだな。自分のできることを精いっぱい頑張るんだな。突っ張りだよ。

立松●江戸っ子なんて突っ張りじゃない。

福島●うん、そう。突っ張りだよ。

立松●オレはね、将来、死んだら下谷に行くんだよ。泰樹さんとこの寺に。

福島●そう、立松和平とオレは墓を一緒につくるんだもんな。よし、生きてるうちに並べてつくっちゃおう。

二人は、もっと私的な話を交わすべく、肩を並べて渋谷の雑踏に消えて行った。

「報知新聞」一九九一年一〇月

第四章

立松和平論

福島泰樹

爽やかな感性がはぐくむ青春の逆説――『途方にくれて』

天井からは太い麻の縄が二本垂れ下がり、その先っぽには、粗いカーキ色の布の鞘に収まった短剣が結ばれ、そのかたわらには、柄のない錆びた斧が吊る下がっていた。机の上には本や雑誌の類が山と積まれ、原稿用紙のところだけが、わずかに平野をつくっていた。気前よくなったあるじは抽出しをあけ、戦利品の数々を開帳した。踏み込まれたらどうするのだろう。抽出しの中には東南アジアと東京の街頭戦が血腥く同居していた。もうすでに明け方である。布団にはいると枕許には、素振り用の木刀がたて掛けてあった。これではまるで凶器準備集合なんとかではないか、心細くなって天井を睨むと、さきほどの短剣はちょうど私の腹のあたりでゆらゆら揺れている。

この頃、立松和平は、標題作となった『途方にくれて』を皮切りに、『部屋の中の部屋』『たまには休息も必要だ』『自転車』『今も時だ』と、「早稲田文学」を根城に作品を書きまくっていた。立松の身分は一応は学生で、有馬頼義氏ひきいる「早稲田文学」の編集の手伝いをかなり熱心にしていたようだ。

あれほどまでに旗の波でわきたっていた大学は、破れたガラス窓や机もきちんと整理され、いつしか前と少しも変わりない日常の中にひたりこんでいた。仲間たちの多くは逮捕されたり学園を去ったりして、ちりぢりになっていた。

第一小説集である『途方にくれて』の巻頭を飾る『自転車』を久し振りに読み返し、そうかもうすでに八年の歳月が流れたのか、と妙に当時のことがなまなましく想い起こされてならない。一九七〇年という年は、ひとり青年にとどまらずさまざまの転機を人々にもたらした。立松和平に関していえば、飛翔していた情念の火矢をぶっ切られ、未練を残したまま小説に没頭せざるをえなかったのである。これまで彼が発表してきた三十作を越える長短のすべてが七〇年以降というのもなにかを象徴しているように想われてならない。

その後でぼくらはビアホールへとでむいていった。ジョッキ一杯のビールを少しずつ唇にふくませて長いことねばり、ぼくらはバリケードをこれからどうするかについて、熱っぽく話しあった。もうすぐ機動隊がはいるだろうということは、予感にしてはすでに確実すぎていた。ぼくらがいっしょにこうしていられるのも、時間の問題だったのだ。やがて、ぼくらはちりぢりになるだろう。そして、散っていった地点で、またしぶとくやりはじめるのだ。ぼくは感傷的になりかけていた。帰りぎわ、ほんのお礼のつもりでなけなしのサイフをはたこうとしたぼくの手をおしとどめ、武田は百円硬貨をいくつかテーブルの上におき、みんなもそれにならった。ほうり投げられた百円玉が、アルミのテーブルの上でいつまでもかたかた鳴っていた。

いまもって心に残る場面である。『自転車』は徹頭徹尾、主人公〈ぼく〉のモノローグをもって完結している。デパートの商品配達というアルバイトの日々を通して、〈ぼく〉が語りかけるもののすべては、学園を自由気儘に改造し、いきいきと学内を闊歩していた〈時代〉へ向かってなのである。当時の彼の日々は、子宮癌で入院している母の看病のためにゆく病院とバリケードの間をゆき来することにあった。母の病気のためとうに仕送りはストップし、自活を余儀なくされていたのだが、バリケードの中にあっては、なんとかやっていけたし、それ以上に充実するものがあった。友人武田は彼をよく支えた。

引用部分は、彼の母のために輸血を買って出た〈戦友〉たちと、ビアホールにはいった場面の回想であるが、ここでも彼は武田に借りをつくってしまったことになる。その武田が、バリケード最後の日に、留まるべきかなお決心をきめかねている彼に、病院へゆけと命ずる。彼は母のもとへゆき、母を正当化し、学園をというよりは友とおのれを裏切った自分に後悔を残す。逮捕された武田は失明し、病院のベッドで頸動脈を切る。この場面も緊迫感をあおった筆の冴えを感じる。

皮肉なことに、〈母が退院したのは、学園封鎖がすっかり解除されたのとほとんど同じ頃〉だったのである。つまり彼には、それまでの日々を支えてきたバリケードも母もないのである。そのような〈目〉で主人公は日々を甘受しようとする。アルバイトに身がはいるわけがない。いま欲しいものは、〈なんと言ってもストーブで……インスタントのコーヒーも少々だ。砂糖も少しと……ちょっとぐらい格好悪いのでもいいから、女の子だ〉などと、自転車もろとも仕事場から部屋へはこびこんだ贈答品を失敬しつつ、ひとり眩く。ついには暖房ひとつない部屋で商品にとりかこまれながら、ひとり充足してゆくのである。

要所要所にはいりこむ回想以外に真剣味がないのは、怒りを爆発させるに足る現実関係を喪失しているからにほかならない。したがって、意地の悪い主任や、どこか愛情を抱かざるを得ない自転車持ち逃げの老人や、青ヤッケの同僚、すこし恋心をいだいた配送所の女子学生に対する関係もあわくならざるをえない。主人公〈ぼく〉の行為が、どこか間が抜けているのは、そのためなのである。あたかもユーモアによって現実の顚倒を精一杯こころみているかのごとくである。

だが唯一、主人公が開き直ろうとする場面がある。高校時代一緒に演劇をしていた同窓生が死に、その恋人恵子が家出し、海辺からかけてきた電話に対してである。〈葬式に行きたくないなんて、一度だって思ってもみなかった。なんにも知りもしないで、あんな風に電話してくるもんじゃない。ちくしょう、海なんて、もう何年も見てないぞ〉。

終結部分である。ここにいたって実は、安堵のむねをなぜたのであった。主人公〈ぼく〉に主体性のごときものをできるだけ剥落させ、剥落させることによって、ユーモアを浮上させ、哀切さを通して、この時代の青春を照射しようとするところに、作者の意図するところのものはあったのではないのか。つまり手ざわりの〈生〉といったものがどこまで現実に耐えられるか。また感性はどこまで前面に立ちうることが可能なのか、という問いである。

ここに収められた作品五編は、『途方にくれて』を除いて、すべて主題の連繋をもつ。だから『自転車』の次に順序をかえて、『はね踊るものわれら』、『別れつつあるもの』、『ともに帰るもの』というふうに読んでゆけば、東京から郷里へ、再び東京から郷里へと話の辻褄があい、死に瀕している母親のかたわらで状況をかかえこんでいる主人公の素顔が鮮明に浮かび上がってくる。母を介在して登場する肉親との関係はまことにいじらしい。とりわけ『別れつつあるもの』における、父親とのまる一昼夜の奇妙な行動は、立松和平ならではの出来ばえである。野坂昭如では、えげつなさすぎて、このあわれさは出てはこない。

明日死ぬことがほぼ確実になった母を妹にまかせ、病院をぬけだした父と息子は夏の日の真っ昼間から飲みはじめるのである。寿司屋からデパートのビアガーデン、居酒屋、キャバレー、バーとわれを忘れるために飲みあるく。〈背筋をのばしてオッパイを片方ずつさわ〉るヌードスタジオでの親子、はては頑張ってこいよと声援をおくるトルコ風呂での父親の姿は、笑いをとおりこして涙を誘う。〈ズボンの裾は氷の旗のように破れ〉、明日へむかってこの親子は、もつれあいながら〈一歩一歩と沼の中を歩いていく〉のである。

標題作『途方にくれて』は、さきにも書いたように立松和平の処女作であり、『自転車』同様八年振りに読み返したのである。すこしくふれてみたいのだが紙数が残り少ない。ただ、主題、登場人物を同じくする、一昨年「すばる」十二月(二六号)発表の『炎天』とを読みくらべた感想を述べるならば、満身驟雨のごときみずみずしい感性が出会いえたドラマの一回性は、ストーリーの反復をほとんど不可能としているということであった。つまり、二十歳をすこし越えたばかりの感性が捉えたものの気配や気息、気分といったものは、余分な肉付けをいっさい必要としていないということである。かろやかに屈折した文体を通して、この時代の青春に精一杯胸を張ってみせているのである。

立松和平もすでに而立をすぎた。この時点において、出自の作品が一巻に収められた意味は大きい。私は、これまで彼の作品のほとんどを読んできたが、時間とともにその文体も微妙に変化しつつある。生活をかかえこみながらも、爽やかな逆説の妙美をさらに回転していってもらいたいと思う。また、それと同時に、正攻法で勝負していってもらいたいという想いも強い。

とまれ、立松和平の小説の根底にあるものは、人間の優しさであり、弱さゆえに連帯しうる人間への熱い信頼の想いである。立松和平は、この時代に、憎悪をもってではなく優しさをもって対したのである。その息づかいは、おそろしく強靭で健康だ。それゆえにユーモアを倒立させ、現実を直立させることが可能であったのだ。願わくば百円硬貨よ、アルミのテーブルの上でいつまでもかたかたと鳴り続けていよ！

「すばる」一九七八年八月号

途方にくれて

酒場の黒光りした卓の上には、ぐにゃっとした蒟蒻《こんにゃく》の刺身と、油であげられて真っ赤になった沢蟹がちいさなはさみを怒らせていた。二十二歳の立松和平と二十七歳の私とが、樽の上に腰をおろし初対面の酒を酌み交わしていた。「早稲田文学」が学生編集号を企図し、彼は歌稿の依頼のためにやって来たのであった。私は蒟蒻をつるると啜《すす》り、彼は沢蟹をかりりと嚙んだ。私たちはたちまち意気投合した。

当時、立松は早稲田の留年生で、有馬頼義ひきいる「早稲田文学」の編集を手伝うかたわら、板橋の下宿でときどき栄養失調におちいりながら、それでもせっせと小説を書いていた。金が底をつくと、山谷に出かけていって鳶などもしていたらしい。六九年以降十年の一人の青年の生き様を綴った長編『光匂い満ちてよ』（七九刊）を読むと、この頃の立松の生活振りが手にとるようによく分かる。立松にしたところで、学園をいきいきと改造した、六九年の早稲田での体験がなかったら、せっかく決まった大出版社を棒に振ってまで、小説に打ち込まなければならない理由はなかったであろう。だからこそ、立松は執拗なまでの執念を燃やして、内ゲバに捲き込まれ、泥を舐めるように十年間を這いずりまわるもう一人の男の分身を書かざるをえなかったのである。これを書くことなしには、立松は、北関東は宇都宮にどっかりと根を張ることは出来なかったのである。

それから私たちは、何度か会った。会えば飲んだ。七〇年六月の反安保が終わって、奇妙に明るい夏から秋にかけてである。夜更けの路上で、私たちは酔っぱらってよくじゃれ合った。彼の得意技は、目黒ジム直伝の回し蹴りであった。ああ、この男は、爆発しきれないまま宙ぶらりんとなった怒りを抱えこんでいるな、ということが痛いほどよく分かった。

この頃酒場に入るとかならずと言っていいほど、泣くの、笑うの、死んじゃうの、あなたならどうする……と、いしだあゆみのもの憂げなハスキーが聞こえてきたものだ。あたかもそれは、お前はなにをしてきたのだ、そしてこの七〇年代をどうやって生きていくのだと、そっと選択をうながしているかのようであった。新宿の酒場が、教室のように若者であふれ、最も活気のあった時代だ。六九年という時代の悲愴なまでの興奮は、七〇年にもちこされることはなく、その高揚した気分のみが、その現場にいた青年たちのこころに、長く尾を曳いていたのだ。冷えていくわが身の熱を、立松は放浪の中に取り戻そうとしていたのかもしれない。

立松は、東南アジアや韓国、沖縄での放浪を語った。組長を中心として徒党を組んで剣道に励んでいるとも語った。書き進めている小説の構想を語るときには、声を殺し息をひそめて語るのである。私は彼からもらった「早稲田文学」の、彼の作品をむさぼり読んだ。『途方にくれて』(二月号)、『部屋の中の部屋』(四月号)、『たまには休息も必要だ』(七月号)、『自転車』(一一月号)と、立松和平は、「早稲田文学」を砦に、覚えたばっかりの小説を書き殴っていた。

〈「ああ、うまいねえ」ぼくらはそれぞれピシュというういい音を響かせて罐に穴をあけた。ぼくが白い泡の花を噴きだした罐を高くあげ、乾盃、と言う前に、ヒゲは最初の一口をすでに髭の間にしみこませていた。「うまいねえ。いいもんだなあ」〉、〈ぼくは罐を逆にしてビールをすっかりのみほし、中の空気まですってしまうと、力をこめてできるだけ遠くに投げた〉。〈トクオが彼らにむかって唾をはき、勝誇って高潮したぼくも真似をして、ぺっと唾をはいた。口の中が緊張のあまり乾ききっていたので、唾はうまくふっきれず、ぼくは顎のあたりを汚してしまった〉、〈ぼくはびっこをひき身体をゆさぶって歩きながら、血の泡を薔薇の花のように口や鼻に咲かせてアスファルトの上にだらしなくのびている二人のアメリカ兵のことを考えると、笑いのさざ波がひとりでに顔中にひろがってくるのだった〉。

この新鮮さはこたえられない。『途方にくれて』の、キラリと光るういういしい文体を一読、今度は、私が立松のファンになった。

奴は、この時代の空気を充分に吸っているな。また読みようによっては読みにくい、センテンスのやたらにながい、仮名文字を多用した彼の文体に出会い——くぐもっていてなかなか言葉になりにくい、日常のなんでもない動作や身のこなしの一つ一つに形を与えてゆくには、これしかない——、ああ立松は天性のテクニシャンだな、とずいぶんと感心したものだ。

それと同時に、このテーマをかつての柴田翔のように、〈挫折〉などという、美しい、おもわず反吐のでるような、時代通念を連想させずにはおかない言葉を用いることなしに、吐く息と吸う息、その息遣いで、この時代の青春を表現しようとしている——その単純で荒々しく、しかも繊細で優しげな〈息遣い〉の中に、私は全共闘に象徴される六〇年代後半という時代が育んだものの確かさを思った。既成の価値や秩序に〈否《ノン》!〉を浴びせる。たとえば大学の権威を誇るように講堂の舞台の上に悠然として置かれて在る豪華なグランドピアノを、白昼のキャンパスに引きずり出してみる。それはピアノ自体がいままで持っていた意味と機能の全的崩壊であると同時に全的変革だ。立松は、そこからおのれの物語を編んでゆこうとする。

飛び散る石礫と喧騒と怒号の中で、結核病みのジャズメンが、唇から真っ赤な鮮血をしたたらせピアノを打ち叩けば、それは『今も時だ』の世界であり、逆にデパートの配送用の古びた自転車を、講堂のピアノの在ったところに立てかければ、それはそのまま『自転車』の世界だ。

当時、私は立松の小説の中に、短歌的詩の煌《きら》めきを発見しては、ひとり悦にいっていた。当時の短歌前衛、青年歌人に立松和平のその文体をたとえていえば、〈気が狂うほどさびしきに桜湯や唇《くち》にちいさき花は寄りたり〉、〈ゆうやみはさながら蒼きレントゲンどうしようもなく病めるたましい〉と歌い、時代の鬱屈を、おのれの感性を前面に押し出し、感性がとらえたもの以外の〈意味〉を一切排除することによって、表現することに成功した村木道彦だな、と思ったりもした。

さて、爾来十一年目の夏をむかえようとしている。立松との付き合いもずいぶんと長い。いま、この三年間に集中して刊行された、彼の十一冊の著作を机の上に積み上げ、しみじみと、来し方に降る雪のことなどを想ってみた。

十月、『自転車』の感動を人に語り、彼に語った。その日、三島由紀夫の悲痛を電話で知らせてくれたのも立松であった。その年の晩秋、私は、お先に御免とばかりに荷物をまとめて、愛鷹山麓の寒村の寺の男となっていた。立松は相変わらず、阿佐ヶ谷の神社の境内で剣道に励み、塒《ねぐら》を探すように小説を書き殴っていた。やがて彼は、早稲田文学編集室の可愛いメッチェンと手に手をとってトンズラをきめこむのだが、これはこの際置いておく。

彼は、作品を発表するたびに、その雑誌に短い私信を添えて、送ってくれた。私は、私の貧しい書架に立松和平コーナーを作った。最初に手にしたのが、忘れもしない「新潮」七一年三月号、『今も時だ』であった。読む手が震えた。これは同誌新人賞候補作となっている。賞など取ろうと取るまいと立松の価値が変わるわけではない——かつても今も、立松は賞など無縁な男だ。受賞で出発した新人作家とはわけがちがうのだ。現に立松が北関東の大地につっ立って書いた力作

『赤く照り輝く山』（七八・一二）、『閉じる家』（七九・五）、『村雨』（七九・九）の三作ともに芥川賞候補になっていながら、受賞を逸している。『遠雷』（八〇・六）で野間文芸新人賞を取ってしまったが、すでにもう立松和平の評価はゆるぎないものとなっていた。もし立松を心底励ます賞があるとするなら、それは昨春急逝した彼の恩師有馬頼義氏が、彼と連れ立って歩きながらポケットからばらで、ひょいっと出してくれたという『自転車』の賞金二万円、早稲田文学新人賞だけあればよいのだ。

しかし、この時には、じだんだ踏む口惜しさを味わった。選考委員と称する人々の無理解さを詰ったものだ。賞でものを言うなら、『今も時だ』は、芥川賞を取ってしかるべき作品だった。これは立松ばかりの問題ではなかった。六〇年代後半を真摯に生きた青年たちの正義や情熱や怒りが、不当に蔑みを受けている。そうではないか、『今も時だ』は、あの時代あの場所の文化運動を考える上でも、一つの到達であり、記念碑的作品と言ってよいだろう。なんとなれば、小説の側から初めて、全共闘文学が生み出されたのである。清水昶の詩集『少年』や私の歌集『バリケード・一九六六年二月』は、一世代前の作品なのである。

立松は、『途方にくれて』や『自転車』に頻出する〈うきうき〉だとか〈いきいき〉、〈うっとり〉だとか〈うんざり〉などという気分を大事にする言葉に頼らずに、〈音楽〉を想わせる構成と文体で、あの時代の最も突出した情感を息苦しいまでに切なく、歌い上げたのである。そして、次に来る作品が〈あたりははずかしいほどに明るい。汗がふきだし身体が火照って、少し気分も悪かった。

ぼくらは鬱々と真昼の酔いの中にただよっていた〉の、ゆるぎない文体で始まる、集中の傑作『別れつつあるもの』であった。

三年前の今頃、『途方にくれて』の出版記念会が宇都宮であった。この時私は初めて、彼の両親に紹介されたのだが、私は思わずわれとわが目を疑わざるをえなかった。『自転車』『別れつつあるもの』『はね踊るものわれら』で重たい病に沈み、『ともに帰るもの』では、ついに棺の中にいれられ葬式のため宇都宮市へ向かっていったはずの、お母さんが、遠慮がちに会釈をし、私の前で頬笑んでいるではないか。

四、五年前まで、立松は多く〈ぼく〉を主人公にして小説を書いていたのだ。実は今回、三人称で書かれた『ブリキの北回帰線』や『閉じる家』、『遠雷』などと、一人称〈ぼく〉で書かれた『途方にくれて』、『今も時だ』、『たまには休息も必要だ』とを比較検討して、立松和平論の決定版を書いてやろうと、われになく意気ごんで、十日余りを部屋に籠り、彼の著作のすべてを再読したのだが、いかんせんその書き出しだけで枚数を超過してしまった。

いま私は、三十三歳の立松和平と月に一度、朝まで剛毅な酒を飲む。

集英社文庫『途方にくれて』解説　一九八一年八月刊

光匂い満ちてよ

私たちはしたたかに酔い、縺《もつ》れあいながら歩いていた。多分、新宿から代々木を抜け千駄ヶ谷まで歩いてきたのであろう。時折、立松が瓶や石を拾っては、路上に投げる。その一つが旅館街の虚空の闇に消えていった。沖縄で買ったという米軍払い下げの戦闘服を着た、土方よりも逞《たくま》しげに見えるこの男の身分は、たしか留年の学生であった。私がアジトがわりに使っていた友人のアパートの鍵を暗い階段でまさぐっているとき、サイレンが聞こえた。パトカーだ。眠りを覚まされた誰かが通報したのであろう。

部屋の隅には、どこから迷いこんできたのだろう、ナポレオンが一本場違いなかんじでつっ立っていた。私たちはさっそく味噌を肴にコップのナポレオンを呷《あお》った。入り口の土間の流し台には、味噌しかありはしなかった。ややたって、私は、この部屋の住人らと組織した文学者集団の記事の載っている「毎日グラフ」をいささか得意気に、知り合ってまだ間のないこの気鋭の友に見せてやった。あっ、俺が載ってる、私の記事には目もくれず、彼は渡したばかりのグラフを返してよこした。よく見れば、グラビアの中、機動隊と小競り合いをする隊列に、立松和平が踏ん張っているではないか。放水か、それとも六月の雨のためか、びしょ濡れの立松和平が悲痛な面持で身構えている。七〇年安保の年の秋、であったと思う。

この年、立松は、「早稲田文学」二月号に、処女作『途方にくれて』を発表し、四月号には『部屋の中の部屋』、七月号には『たまには休息も必要だ』そして十一月号には初の早稲田文学新人賞を取った『自転車』と矢継早に作品を発表してゆく。仮名文字を多用した、センテンスのやたらに長い彼の文体に出会って、そうか、くぐもっていてなかなか言葉になりにくい、日常のなんでもない動作や身のこなしの一つ一つに形を与えてゆくには、これしかないのだ。もはや〈挫折〉など文学のテーマにはなりはしない、立松は、吐く息と吸う息、その息遣いで、この時代の青春といったものを表現しようとしているのだな、私はこの単純で荒々しく、しかも繊細で優しげな〈息遣い〉の中に、ノンセクト・ラディカルをうむにいたった、すなわち全共闘に象徴される六〇年代後半という時代が育んできたものの確かさを、改めて見る思いがした。

さて、本書『光匂い満ちてよ』は、立松和平にとっては最も近しい先輩作家である後藤明生、坂上弘、高井有一、古井由吉といった人々が編集した季刊文芸誌「文体」(七九・春、夏)に二度にわたって掲載されたものである。これは三十路《みそじ》を超えた立松が、おのが十年の来し方の時間を振り返り、一人称たる〈ぼく〉を主人公——以後立松は三人称の個人名を主人公に起用している——にして書いた初の長編小説であり、七〇年代への総括の書でもある。私はそのように記憶していた。

しかし今度、五年ぶりに読みかえし、いやまてよ、〈光匂い満ちてよ〉というすぐれた詩の一節を想わせ、痛切な祈りに満ちた表題に、俺はもっと前に出会っているはずだ。そんな想いがたかまっていった。屋根裏の書庫で、「新潮」（七五・一〇月号）を手にしたときには、さすがに嬉しかった。裸電球の暗い光の中で、懐かしいページをめくってみた。

一九七五年といえば九年前、立松和平二十七歳の青春の真っ盛りだ。駆け落ちしてせっかく一緒になった美千繪さんを置き去りにして、インドや東南アジアを放浪し、見果てぬ夢をむさぼっていた立松が、郷里宇都宮に引き揚げ市役所に勤務し、腰を据えて小説を書きはじめた頃の作だ。毎日書く、が、このころの立松の口癖だった。事実彼は毎日書いた。そして一点豪華主義とばかり財布を叩《はた》いて買った木刀を闇を切り割くように振った。眠気を払うための素振りだ。市役所勤務のサラリーマンには、睡眠を詰める以外に書く時間はない。強靭な意志だと思った。

立松の処女小説集『途方にくれて』が刊行されたのは、それから三年後の一九七八年であり、以後陸続としてその著作は刊行されてきたが、その頃の彼のものを読むには、雑誌によるしかなかった。当時、山間のちいさな村に棲《す》んでいた私は、貧しい書架に立松和平コーナーを設けた。書架はやがて、「早稲田文学」、「三田文学」、「新潮」、「すばる」と、立松がこまめに送ってくれる雑誌で埋まっていった。「新潮」発表の『光匂い満ちてよ』は、その中の一冊であった。

本書では、〈壁の中で水の流れる音がしていた。微熱のように疲労がたまって、口をきくのも億劫《おっくう》だった。ぼくが謄写版のローラを動かした拍子に、村司《むらじ》が紙をめくる〉といった具合に、『光匂い満ちてよ』というタイトルにまことにふさわしく、生の一回性としか言いようのない、みずみずしい描写をもって、封鎖中のバリケードから言問いが発せられているが、新潮版では、留置場から帰省した主人公〈ぼく〉が、先輩の市村さんと車で、夏休みの高校の弓道部の道場を訪ねるところから始まり、闘争中の回想場面と現在とのたくみな交錯を軸に、偽りの上京をした父親が息子には内緒で下宿を引き払い、その荷物が送り届けられてきた場面で終わっている。一二〇枚ほどの中篇だ。

ここでは、〈ぼく〉すなわち、W大政経学部二年、中山洋一は、いまだ人を殺してはいない。闘争と較べれば、無為ではあるが、帰省地で主人公は、持て余すほどの若さを、結構愉快に発散させている。村司との友情が、突出した上京の中で育まれてきたものであるのに対し、市村さんとの奇妙なそれは、スーパーにおされながら、自転車一台をたよりに酒屋を商う父親に通じる郷里そのものの善良さであり、市村さんの存在はむしろ主人公の合せ鏡といってよいかもしれない。ならば、再び上京することなく、これで終わってもよかったはずだ。なぜに立松は、「新潮」発表の四年後の七九年、再び同名のタイトルで五〇〇枚もの長篇に挑まねばならなかったのか。

ズボンはぐしょ濡れで、リンチの際水をかけられたらしい。もちろん犯人は民学連だが、つかまってはいない。ぼくは新聞の活字の中のはるか遠い出来事に感じた。もっと怒りが湧いてもいいはずだった。死んでいたのはぼくかもしれなかったではないか。

そう、〈死んでいたのはぼくかもしれなかったではないか〉は、この時代を生きた人間の実感であろう。私は、立松が早稲田に入学した一九六六年という年に、卒業まぎわのノンセクトの四年生らと〈入試阻止〉という戦術をあみだし、多分立松らを面食らわせた世代の、そう全共闘の走りであったが、ひとり私のめぐりを眺めただけでも、顔見知りだった多くの活動家が、その後の戦いを担うなかで、殺されたりあるいは自ら命を断って消えていってしまった。目を瞑《つぶ》れば、若い無念の顔が、ひとつひとつ微笑《ほほえ》みかけてくる。殺したいほど憎々しげな男の顔もその中にある。チャコールグレイのレインコートを纏《まと》ったその男は、永遠に青年のまま、私の怯懦《きょうだ》をえぐり私を詰《なじ》り続けることだろう。

立松和平は、七〇年反安保にむけて、反戦や全共闘運動が全国的に吹き荒れた六〇年後半の、日々高揚し激烈を極めてゆく時代状況の中で、学生生活を送った。政治運動や全共闘に関わりを持とうと持つまいとにかかわらず、青年たちがなにかを問われた時代であった。文学は、まだるっこしかった。日々の激動を生きることが文学であった。行動のあとから言葉はついてきた。〈個〉は、言葉によって問われるのではなかった。おのれの行動のいさおしとしてこそ問われるべきものであった。そのような濃密な時間は、たしかに存在したのだ。私がいまでも絶讃を惜しまない、〈全共闘文学〉の記念碑的傑作『今も時だ』（「新潮」七一・三）は、まさにそのことを謳っているのだ。その対極として書かれたのが「文体」発表の『光匂い満ちてよ』ではなかったろうか。ここでは行動のいさおしは一切謳われてはいない。主人公は、受動的に状況を受け入れてしまっているのだ。もはや、いさおしの存在しない世界だ。

本書を再読し、私は改めて文学者の業といったものを想った。立松はあたかも、作家は時代の体験を伝えるべき語部《かたりべ》だ、と言わんばかりである。書くことによって、立松は、もしかすると自分も巻き込まれていたかもしれない〈殺人〉を体験するのだ。〈電熱器に湯豆腐が煮えていた〉〈テレビでは少女の歌手が花束を持って歌っていた〉、部屋に踏み込んだ立松の分身は恐怖にひきつり、五体をふるわせながら、鉄パイプを振り上げ、打ちおろすのだ。共犯性は、あの時代を生きた青年たちの真摯な感情だ。もう少し突っ走っていたら俺も、という感情に息を殺しながら皆生きてきたのだ。内ゲバは止揚されなければならないとは、運動を知らぬ者の言だ。そうにきまっているじゃあないか。誰が喜んで鉄パイプなど振るうものか。打つほうも打たれるほうも、痛いに決まっているじゃないか。しかし、ならば、ならばどうすればよいのだ。

これは、作家立松和平が、同時代の、またその後《のち》の青年に贈る、自己断罪の涙をもって綴った時代という名の自叙伝である。これを書くことなしに、立松はおのが青春の砦たる七〇年代に別れを告げることができなかったのだ。今日、東京は雪。夕刻、レバノンに飛び立って行く立松と電話で話した。生きて還れよ、レバノンは本当の戦場だぞ。

新潮文庫『光匂い満ちてよ』解説　一九八四年四月刊

性的黙示録の世界

母、そして老女の孤独なモノローグ。

機械的に内職の手を動かしながら、しばらくの間トミ子は田植でもしているかのような気になっていたのだった。四畳半の古畳が母のにおいになってゆく。

どのみち夏の雨はろくなことはない。こんな日には死んだ姑によく洪水の話を聞かされたものだった。

トミ子は洪水を回想する。細部にいたるまでを、あたかも自分が体験したかのように。靄《もや》のかかった眼に涙を溜めて、村の人々の難儀を想う。〈姑が土にはいってから八年たつ。その半年後に夫の松造が死んだ。トミ子は手の動きをとめずにプラスチックの花を作りながら、この八年間の時の流れを洪水のように感じていた〉。

静寂の文体だ、と思った。息のながい静寂の文体だ。小憎らしい書きだしである。作者は見事に老女になりきっている。老女の霞んだ目で戸外に降る雨を眺め、老女の耳でトタン屋根を叩くわびしい雨の音を聴いている。そしてこの、静寂のトーンは、全篇をくまなくしずかに流れ、ときに溢れ、漲りはするが氾濫することはない。

トミ子ばかりではない。満夫の妻あや子にも、愛人の秋代にも、社長の水野にも、妻のサダにも、八年の刑を終えて出所した中森宏次にも、作者はなりきっている。つまり、まんべんなくすべての登場人物になりきっている。〈彼〉、〈彼女〉はすでにして〈私〉だ。ごく自然に、作者は三人称を一人称に顚倒せしめているのである。これをしも〈黙示〉といおうか。これは登場人物すべての、五官、六根の微妙な息づかいでつくりあげてゆく曼陀羅絵図の世界だ。私はといえば書棚の塵を払い、久し振りにドストエフスキー『悪霊』の頁を紐解いてみたくなったりしたぐらいだ。

作者はかつて人を殺した。否、『光匂い満ちてよ』（七九年刊）の主人公中山洋一は、内ゲバで人を叩き殺さねばならない役割を負ってしまった。しかし、本書、小野徳三殺しは、まったくその様相を異にしている。それは、殺すべき満夫と殺されるべき水野との間に〈恐怖〉は存しないということだ。二人は奇妙な〈優しさ〉で連帯している。性の黙示とでもいうのであろうか。

満夫は、妻と子どもたちを前に、グラスをかざし一人笑っている。〈否応なく堪えてきたことすべてが、自身の奥底で澱のように沈んでいた〉、〈目や耳や鼻や口や、性器や肛門、ありとあらゆる穴から洩れてくる。なるようにしかならない〉〈どんな道を辿ったとしても、肉と骨でできた人間は最後には滅びるしかないのだ〉。

〈土は人の肉でできている〉、〈草の葉一枚一枚が月光を浴びて金属の光沢をたたえていた。不用意にくさむらにでれば血だらけになりそうな気がした。フロントのうえからはいる月光にかざして腕時計を見た〉。地上のものすべてが、いま月光を浴び、月光に洗われている。無気味に美しい場面である。満夫は水野のうしろにまわりこみバットを振る。

ところで立松和平が『遠雷』(八〇・五刊)の前年、『村雨』を「文藝」に発表したのは一九七九年九月、以後立松は『遠雷』、『春雷』(八三・九刊)と書きつないでゆく。

満夫の父、和田松造は、団地をつくる計画をたてた県に田畑を売り、その金で贅をつくした家を建て、花村家から満夫の嫁あや子をもらう。ネジの狂った松造は、女にスナックをやらせその二階に同棲する。トミ子は、土方仕事に出かけ、満夫は、団地の新住民に奇異な目で見られながらも、残されたわずかばかりの土地で、ビニールハウスのトマト栽培に熱中する。この間、親友中森広次は人妻を殺し獄につながる。『遠雷』は、満夫の祝言と祝言のさなかの祖母の死をもって象徴的に終わっている。

松造がぶらりと帰ってくる。満夫のすきをみて、松造は農薬をあおる。ビニールハウス、残された最後の土地を死に場所に定めたのだ。流れていった元村民が集まってくる。〈何かよくわからないものに父祖の地を追われてゆくのだ〉、〈憑かれたようにこの家に吸い寄せられてきた村の衆も、酒を飲みつくしてしまえば、四方八方に一気に流れ散ってゆくのだ〉。『春雷』終盤の一節だ。

そして八年、八年かけて満夫を支えたすべてのものが崩壊してゆく。村もあとかたもない。広次に、トミ子に、そして満夫に黙示の世界が口をあける。そう、想を得て八年、立松和平は『遠雷』四五〇枚、『春雷』四五〇枚、『性的黙示録』七五〇枚、一六五〇枚もの大長編を書き継いできた。『歓喜の市』一〇〇〇枚とともにこの三部作は、三十代の総決算といっていいだろう。作家生活十五年にしていたった新境地と言っていい。

そうだ、雨は、洪水となり地上の絆を覆い、月光はくまなく血と肉を洗い、雷は魂の汚穢を浄めるのだ。

「図書新聞」一九八六年一月号

融通無碍の自在な文体

外は雪だ、いま、日光街道大袋、吹雪の通夜から帰り、熱いやつを一杯ひっかけ、机にむかったところだ。正月新春の死者……。

車を走らせながら君のことを想っていた。「宇都宮九〇キロ」、「宇都宮八〇キロ」、こくこくと変わる標識。――そうだ、一一九年前の五月十五日、上野戦争に敗れた彰義隊は、血刀をひっさげ、この道を北上したのだ。

前に一緒に歩いたことがあったが、私の住む下谷（旧坂本・旧入谷）から貴兄の郷里宇都宮まではちょうど一〇〇キロ。この沿道一〇〇キロの距離、そのみちのりは不明のまま、話は会津に飛んでしまうのだ。

たかだか、一二〇年前の話だ。いや八〇年前、労作『歓喜の市』の幼年の記憶にさかのぼれば、たかだか八〇年。つまり、おれたちの祖父、祖母、曾祖父、曾祖母が実際に体験した話ではないか。（子供の頃、上野の山にはなまなましく戦いの跡が残っていた）。

道六はみるみる縮んで薄汚れた一枚の皮袋となり、欅の根は血を吸うために土中で虫のように蠢めきだしていた。

『ふたつの太陽』には、すっかり参ってしまった。これは神様の文体である。野の神山の神、すなわち山川草木の話体といおう。融通無碍の自在さだ。雲となり、頭上から、戦乱にうごめく人々を見ているな、と思えば、田圃の泥となって、這い蹲う人々を見上げているのである。風に吹かれる飯盛女の意識野におりたったかと思えば、お祭り気分のまま一揆に加わり、なにがなんだか分からないまま死んでゆく水呑百姓道六の意識野におりたってゆくのである。

ほれや、ほれや、あおーっと声がした。蟻塚を壊し、土を掘っては蟻を真黒になるほど掌につけて食べている時だった。舌を上顎にこすりつけると潰れた蟻が酸っぱい汁をだした。

そして、最終編『熊神』では、ついに熊の意識野におりたっているのだ。立松よ、実際これには驚いた。そればかりではない、屠《ほふ》られた熊の意識は、河原にとどまり、風に吹かれて、移ろう景色と戦と人をじっと眺めているのだ。これはフッサール流に言うならば、現象学的還元の世界だ。つまり純粋意識と化した熊の目をとおして、滅びへむかう人間の狂態とあわれさを描いてみせているのだ。

私をむなしくする文体――、登場人物たちの感覚、気分以外の主観を極力排そうとする文体は、『ふたつの太陽』の特徴であり、それはまた、『遠雷』『春雷』に続く三部作『性的黙示録』に至り創造された〈黙示〉の文体ということができよう。殺す側と殺される側が、共有する優しさという奇妙な連帯……。

払暁の雪、雪はいっこうにやむ気配はない。家々の屋根をおおい、屋根の相間にみえる街灯の光に虫のように群がってゆく。しかしこの眺めも、見おさめである。もうすぐビルが建ち、窓は完全に覆われてしまうのだ。震災にも戦災にも、不思議に焼け残った上野坂下の、この昔ながらの一郭に、いま地上師たちの暗躍がはじまった。宇都宮から一〇〇キロ、〈遠雷〉が猛スピードで南下してくる。

それにしてもブルガリア、すっかりお世話になってしまった。短歌朗読で、〈第六回ブルガリア国際作家会議コンクール詩人賞〉を頂戴したのも、貴兄のおかげと感謝している。

議長を務め、六〇カ国二〇〇人の作家を前に演説する貴兄を見て、テレビ朝日の人気番組〈立松和平 心と感動の旅〉の声調を想い出していた。立松和平は今も昔も、優しさから発した作家でありし優しき志士なのである。

「週刊読書人」一九八七年一月一九号

全共闘紀行

　首都東京を去って、愛鷹山麓の小村柳沢の一人となったのは一九七〇年の晩秋であった。最初に訪ねて来たのは立松和平であった。彼は、その日の印象をこんなふうに綴っている。「ハヤの遊ぶ小川にかかった橋を踏み渡り、やさしい黒土と苔を踏むと、やや傾きかかった古本堂があった」。

「夜気が微かに朧みはじめ、生きものたちの集まる足音とともに、本堂から大太鼓の賑わしい音が響いてきたのだ。菜畑のような古畳にすわり、背中のまるくたわんだ老婆たちの後で壁にもたれかかりながら法華経を聞いていることは、ひどく、心地のよいものだ」。

　この時、立松は生まれて初めて題目を唱えている。それから、老婆たちと行列をつくり、団扇太鼓を叩いて灯の消えた村を一巡したのだ。

「凛と澄んだ夜気が胸にしみる。草木の凍りつく気配。境内に戻り白い着物を着換えた福島上人は、こんこんと湧く泉のほとりにかがまり、老婆たちのかまびすしいお題目と団扇太鼓とに包まれながら、セルロイドの洗面器で水をかぶった。何杯も何杯もかぶった。老婆たちの切ない心情の高まるただ中に、ぼくはいた」。

一九七一年一月、妙蓮寺は寒行（小寒から節分までの唱題行）のさなかにあった。立松の身分は留年学生で、ストーブもない板橋の下宿で栄養失調におちいりながら、せっせと小説を書き散らかしていた（金が底をつけば肉体を資本に、山谷に出かけた）。

小説のテーマは、彼が学生生活を送った六〇年代後半の反戦、全共闘運動が激しく吹き荒れた（日々の行動を生きることが思想であり文学でありえた）あの時代の「私」に、言葉をもってかたちを与えることであった。苦行にちかい生活の中から、全共闘文学の最高傑作である『自転車』や『今も時だ』が生まれていった。

六〇年代後半の政治的季節の余熱が燻り続けていた。やがて立松は、彼が歩んで来た時代の総括として、内ゲバで人を殺してしまう青年を主人公にした『光匂い満ちてよ』を書き上げる。「死んでいたのはぼくかもしれないではないか」。

そう、それがあの時代を生きた人間の実感ではなかろうか。ひとり私のめぐりを見回しただけでも、顔見知りだった多くの活動家が、その後の闘いを担うなかで、殺されたり、自ら命を断ってこの地上の闇から姿をくらましてしまった。彼らは永遠に青年のまま、私の怯懦《きょうだ》を詰《なじ》り続けている。

書くことによって作家は、自身も巻き込まれていたかもしれない「殺人」を体験するのだ。そして八〇年代半ばに至り、殺す側と殺される側が奇妙な「優しさ」でゆるしあい溶け合っている（『遠雷』『春雷』につぐ三部作）『性的黙示録』七五十枚を書き上げる。「彼」「彼女」という三人称は、すでにして一人称の闇の中に溶けこんだ「私」だ。登場人物たちが、六根《ろっこん》の微妙な息づかいでつくりあげてゆく曼陀羅世界だ。黙示の文体の出現であった。(この頃から秘かに、正面切って誰も書こうとしなかった連合赤軍粛清事件は、用意されていたのかもしれない。時代の語り部としての壮絶なる意志であると思った)。

『ブッダその人へ—死を見据えて生きる』が、「躍進」(佼成出版社)に連載が開始されたのは、一九九四(平成六)年一月号からである。インド取材が決定し、その連載準備期間中に、予期せぬ事件がもちあがっていたのだ。

文芸雑誌「すばる」に連載(九三年八月〜)中の連合赤軍事件を主題にした作品『光の雨』をめぐって、その著者である連合赤軍幹部で死刑判決を受けている坂口弘とその支援団体から、『あさま山荘　1972』(九三年彩流社刊)の盗用ではないかという抗議を受けたのである。「すばる」は十月で連載をうち切り、立松は荒波の中に投げ出された。

歴史的出来事を、その当事者の手記を通して書き進んでいってなにが悪いのだ、と思った。手の裏を返したような誹りや中傷、そのような渦中でのインド行きであった。

本書第二章で作家は声を絞り出すように書いている。「私は圧倒的な事実を丹念に拾っていくリアリズムの方法を選んだ」「私のよった資料のひとつが、当事者が六年五ヶ月という歳月をかけ、骨身を削った大変な努力の果てに書かれた著作であった」「彼は一切の自己弁解をせず、苦渋に満ちた自己省察をしてきたのだ」。

「私は作家としての臨死体験をしていたのだ」。「平凡な日常からではなく、おそらく一生に一度あるかないかの苦しみの中からブッダのことについて書くという運命が与えられていたのである」。

インドへの旅立ちを躊躇する作家に、勇気を与えたのはその妻であった。二十一年前にも作家は、同じ声を聞いている。あの時も、中村元の名訳、岩波文庫版『ブッダのことば―スッタニパータ』一冊をポケットに入れての旅立ちだった。だが、あの時とは違う。世界は見る者の心によって、いかようにも相を変えてゆくのだ。天台智顗《ちぎ》が大成した究極哲理「一念三千」を、作家はこんなふうに言ってみるのだ。「一念三千というとおり、一念が三千世界をもつくっていく。私のまわりにある風景は、すべて私の心の中からできたものである」。それは、まさしく「自分の肉が焼けていくような痛み」をもっての旅立ちであったのだ。

立松と二人、新宿のバーのカウンターで安ウイスキーを飲みながら灼熱の地インドへの旅立ちを夢見てから、三十年の歳月が経過しようとしている。彼は、バイトで明け暮れながら、船会社を駆けめぐり安いチケットをようやくに手に入れたと知らせてきた。しかし、私は本堂再建の機運のただ中にいた。一九七二年九月、妊娠した妻を渋谷の実家に残し、立松は単身インドに旅立ってゆく。カルカッタの日本山妙法寺では、大太鼓を叩き題目を唱え、一週間にわたる断食行も経験した。しかし、それはブッダその人へ向けての滅罪に似た、自己断罪、告白の旅立ちではなかった。

二十五歳の若い体に、荒野を渡る風はさわやかに潑剌と吹き渡っていた。

立松は、チョーリンギー通りにある日本航空のオフィスで、「はじめまして、お父さん。／お父さんがインドという遠いところへ旅にでかけているすきに、ぼくは11月11日(土)秋晴れの朝8時5分にうまれました」に始まり、「ぼくのことは心配ないですから無理のない旅をつづけてください。／お母さんからもくれぐれもよろしくとのことです」に終わる、待ちわびていた妻からの手紙を手にする。『ブリキの北回帰線』で、生まれたばかりの坊やに代わって母が代筆したという手紙の一節を読んだ私は、おんおん泣かされていた。

なんという愛であろうか、なんという包容力であろうか。二十九年前の秋、立松和平はブッダの地で、観世音菩薩の化身たるその人、妻に出会ったのである。この時にはいまだ、「あらゆる生き物に対して暴力を加えることなく、あらゆる生きもののいずれをも悩ますことなく、また子を欲するなかれ。況や朋友をや。犀の角のようにただ独り歩め」のブッダの言葉は、若い茫漠の胸を切なく抉ることはなかった。

しかし今度の旅はそうではなかった。四半世紀にわたり黙々として築き上げてきた(作家という)楼閣に水はひたひたと押し寄せているのであった。「私は言葉によってこの世を耕しつつ、生きてゆくことができるのだろうか」。立松は、生まれて初めての危機に瀕していたのである。

ブッダへの旅立ちを企画し、ブッダ最後の旅の取材に同道した「躍進」編集者村瀬和正が撮影し、毎号雑誌に登場する作家の顔は、まさに死を見据えて生きる求道者のそれであった。村瀬は、長いバスでの移動などで、何時間も沈思し黙考したまま涙を落とす立松を何度も目撃している（村瀬もまた苦境に立ち合うために顕われた変化《へんげ》の人であったのだ）。

ブッダが最後にあらわした「大般涅槃経《だいはつねはんぎょう》」（中村元訳『ブッダ最後の旅—大パリニッパーナ経』）を誦しながら作家は、生誕の地ルンビニーから、成道の地ブッダガヤ、最初の説法の地サルナート、伝道の地ラジギール、そして最後の旅路となるヴァイシャリーから、涅槃の聖地クシナガラへと旅を続けてゆく。

ブッダの前に五体を投地しながら、しかし投げ出したからといって投げ出しえない作家の自我を噛みしめながら、「私の依拠」する場所を探そうとする。しかし「ないのである。『私』という存在は因と縁とによってつくられた現象であるかぎりにおいて、固定してはいない」。

「人は一人でこの世に生まれてくるものではない。すべての現象の成り立ちのもとになる因により、縁に助けられて生成する。私は一個の現象であり、限りない原因と条件が組合わさり作用しあって生まれる。すべての命は縁によって生じ、縁によって滅びる」。

この一節を、宮沢賢治詩集『春と修羅』の（あの難解といわれている）序「わたしといふ現象は

／仮定された有機交流電燈の／ひとつの青い照明です／（あらゆる透明な幽霊の複合体）／風景やみんなといっしょに／せはしくせはしく明滅しながら／いかにもたしかにともりつづける／因果交流電燈の／ひとつの青い照明です（…）」の後に続けてみたらどうか。

序が、にわかに親しみにみえたものに思われてくるから不思議である。立松和平は、生成と消滅を激しく繰り返す時間の一刹那でたしかに解脱をえたのである。苦悩の涯に、立松は黄金の仏と邂逅している。

旅を終えた作家は、こう言ってみせるのだ。

「生老病死という一切苦の中で生きなければならない私たちは、おそらく最後の最後まで苦しみと格闘し、悲しみ燈明として生き、死んでいく。その最期の瞬間の安穏な心境を得るために、生涯という時間が与えられているのだ」「そのためにやるべきことはすべてやり、やってはいけないことはしないのが、法《ダルマ》のもとに生きるということなのだ」。

そして、「ブッダその人へ」の旅を終えてから八年の歳月がまた流れていった。五千枚もの大長編を夢見たまま座礁したかにみえた『光の雨』は、五年後の一九九八年春完結した。このことを是非とも付け加えておきたい。

死刑廃止運動の結果、八十歳で出獄した老死刑囚が、隣室の青年阿南に語りかけるという筋書きをたどっている。つまり死期を間近に覚った老死刑囚玉井は、最期の旅路に向かうブッダであり、懊悩にまみれたその告白を聴く隣室の青年阿南は、常にブッダの傍にあり侍者《じしゃ》として仕えた阿難（阿難陀）、すなわち多聞第一のアーナンダという役割になっているのである。

一千枚の長編を読み、立松和平の作家としての誠実さを思った。頓挫したまま、歩んで来てしまったって、時は自然に過ぎ去り、やがては忘却の淵に辿り着くのではないか。あの時点で「逆縁」であった坂口弘との関係が、懊悩の時を経て「順縁」となって花開いたのだな、と思った。高橋伴明監督の映画作品「光の雨」とあわせて、多くの若い人々に読まれることを希望してやまない。「あの時代に生きたものも、死んだものも、みんなごく普通の子供だったよ」「赤子のように震えて裸で生きていた」「ぼくは革命の夢を見ていた。すべての人間があらゆる点で平等で、誰もがその天分を十全に開かせることができる」「たくさんの子供たちがそんな世界の夢を見ていた時代があり、その一人がぼくだった」。「音もなく落ちてくる雨は金色に染まっていた」「それは光の雨だったのだ」。

とまれ本書は、立松和平という作家の苦悩の肉体を濾過して、立ち上った血の滲むブッダの言葉たちだ。それゆえに私が読んだどんな仏教の入門書よりも、平易に嚙み砕かれていて咀嚼しやすい。

人物文庫『ブッダその人へ』（学陽文庫）解説　二〇〇一年一一月

光の雨

本稿を引き受けてから、鬱陶しい日々が続いた。この間《かん》、ニューヨークでは、ハイジャック機による爆砕同時テロがあったりもした。どんな想いで、彼ら実行犯は数千人もの人々を巻き添えにして死んでいったのであろうか。

連合赤軍内部総括事件は終わってはいない。彼らの問いに何一つ応答しないままに、事件そのものを歴史の暗闇に葬り去ってはいけない。立松和平が、なぜに『光の雨』を再び書くに到ったか。激しい時代の潮《うしお》が退いた後もなお、脱落することなく戦い続けていたら、自分も人を殺し（殺され）ていたかもしれないではないか。高橋伴明もまた同じ想いでメガホンを握ったのであろう。「あなたの短歌を使わせて下さい」。脚本を書いたプロデューサーの青島武と会ったのは、昨年の秋（日本赤軍重信房子が潜伏先の大阪で逮捕された直後）であった。会って驚いた、三十代の若さではないか。なぜに「連赤」を、と思った。しかも、私の短歌

革命の核、角、飛車取り西瓜売り誰何《すいか》するのに返事をせぬか

は、七〇年反安保闘争敗北の自嘲的諧謔の心情から生まれたものである。言葉（連帯）は死滅し、

内ゲバの嵐が吹き荒れようとしていた。

私は、手渡された脚本を一気に読んだ。そして唸った。「誰何」されているのは、まさに戦いを闇に葬ったまま、三十年近い歳月を安穏と生きてきた私たち同時代者ではないか。しかも「革命の核、角…」と「誰何するの」は、いま現在を生きる（戦いを知らない）若者たちなのである。

映画『光の雨』のメーキングを依頼された若手監督阿南（萩原聖人）は、今回初監督をつとめるCMディレクター樽見（大杉漣）に会う。キャスティングされた二十人もの若手俳優たちは、劇中組織（連合赤軍たる）「革命共闘」と「赤色パルチザン」の幹部や兵士に割り当てられ、冬の知床山中にしつらえられた小屋《アジト》を舞台に撮影は進行してゆく。

「革命共闘」幹部「玉井（池内万作）の声」が、画面とクロスし合いながら、同志総括リンチ殺人に至る経緯を語ってゆく。「ぼくらの抗議のデモは警官隊の厚いジュラルミンの楯に押しつぶされていた。ぼくらはその壁を破るために、ヘルメットを被り、角材と石を握った。それは武装するということの始まりだった」→「いつしか世論はぼくらを暴力学生と呼び始めた。無力感や敗北感が漂い始めた」→「獄中の指導者の奪還、権力との殲滅戦。ぼくらは更なる炎を必要とした。ぼくらは銃を求めた。それは必然だった」。→「国際根拠地、数々の拠点を求める問いかけの中で、ぼくらは山を選んだ。山から都市へ遊撃する。そこで、来るべき殲滅戦に立ち向かう革命兵士になる闘いを始めようと考えた。ぼくらは山岳アジトを築いた」。

六〇年代後半の政治的嵐の熱風を、また七〇年代初頭の冷えてゆく時代の虚脱を体験した人であるなら、この経緯の必然は痛いほどに分かるはずだ。そう、学園に砦を築き、街頭を埋め尽くした万余のヘルメット部隊の若者たちは、日常の平穏へ帰還し、その多くは企業戦士への道を歩んで行くのである。

そして三十年！

いま、彼らと同世代の若者たち（彼らの子供達の世代だ）が、雪に埋もれた極寒の山岳アジトで、十四人もの犠牲者を出すに至った総括を、革命兵士に扮して演じきろうとしている。同時にカメラは、撮影合間の素顔の若者（役者）たちの屈託のない会話や行動、日常を追ってゆく（原作では、事件から六十年後を設定しているが、映画は、制作の過程そのもの、現在をストーリーとしている）。

撮影の進展とともに、やがて役者たちはストーリーに取り入れられてゆく。「寒くて、革命どころではないよ」。「情けねえこと言うなよ。…反革命だぞ。だから、あんたら、倉重に殺されちゃうんだよ」。「おまえ、何、役になってんの。…どうせ、俺らはすぐに殺されちゃうんだよ」。「とっとと帰れよ。おまえらなんか革命に必要ないんだから」。「すいません、自己批判します」。

三十年前の彼らが抱えた状況と同世代の現在の若者が抱えた状況が、鋭くクロスし激しくリンクし合うところに、この映画の突出したリアリティーはある。いま現在の若者たちへも鋭く問いかけているのである。

だが、監督樽見の突然の失踪をもって場面は急展開してゆく。時代の闇から幾本もの指弾の矢が飛来し、個の最も手痛いところを突き刺したのである。頓挫した者たちが負い続ける長い沈黙の火矢だ。

一九七二年二月、浅間山荘銃撃戦。それに続く遺体発見。そして、六〇年代後半以後のあの時代の運動を（革命的に）担った若者たちは口を噤んだまま、今日へと至るのである。しかし、これだけは言っておこう。あの時代を貫いた自己否定の論理は、国家権力に拮抗すべき強固な個「革命兵士」を確かに生むに至った。彼らは、革命兵士として誇らしく死んでいったのである。

雪山を越えてゆく兵士たちの行く手に、美しく降り注ぐ光の雨に、私は泣かされていた。

「映画芸術」二〇〇一年一一月号

20世紀の名著『遠雷』

立松和平と出会ったのは、一九七〇年の春。『途方にくれて』『自転車』と立松は「早稲田文学」を砦《とりで》に小説を書き散らしていた。もはや〈挫折〉などが文学のテーマになりえないあの時代の青春を、その息遣いで表現しているな、と思った。『今も時だ』は、〈全共闘文学〉の記念碑的傑作と言っていい。

以後、立松は七〇年以降の冷えてゆく時代の中にあってなお執拗《しつよう》に問い続ける。「死んでいたのはぼくかもしれなかったではないか」。『光匂い満ちてよ』の主人公は、ついに内ゲバで人を殺してしまう。殺していたのはぼくかもしれないではないか。この痛切な自己断罪の書『光匂い満ちてよ』は、連合赤軍粛清（誰《だれ》も書きはしなかった）をテーマにした最近作『光の雨』に、連撃してゆく。

さて一九八〇年刊行の『遠雷』である。

父松造は、田畑を売った金で豪勢な家を建て、女にスナックを出させその二階で同棲《どうせい》する。母トミ子は土方仕事に出、満夫は団地の新住民に奇異な目で見られながらも、残されたわずかな土地でビニールハウスのトマト栽培に熱中する。親友広次は人妻を殺し獄につながれる。『遠雷』は、満夫の祝言と祖母の死をもって象徴的に終わる。

松造は農薬をあおる。最後の土地、ビニールハウスを死に場所と定めたのだ。元村民が葬式に集まって来る。『春雷』の終盤である。

そして八年、満夫を支えたもののすべてが崩壊してゆく。あとかたもない村。出獄した広次に、老女トミ子に、主人公満夫に〈黙示の世界〉が口をあける。(『遠雷』『春雷』に続く)三部作『性的黙示録』は、登場人物の五感、六根の微妙な息遣いでつくりあげられる曼陀羅《まんだら》絵図の世界だ。作者はまんべんなくすべての登場人物になりきっている。〈彼〉〈彼女〉はすでにして〈私〉だ。つまり作家は、ごく自然に三人称を一人称に顚倒《てんとう》せしめているのである。〈黙示の文体〉と言おう。

「土は人の肉でできている」「草の葉一枚一枚が月光を浴びて金属の光沢をたたえていた。不用意に草むらにでれば血だらけになりそうな気がした。フロントのうえからはいる月光にかざして腕時計を見た」

地上のものすべてが月光を浴び、月光に洗われている。不気味に美しい場面である。殺す者と殺される者との間にある〈共犯性〉は、ドストエフスキー『悪霊』を(さらには連赤粛清事件を)彷彿《ほうふつ》とさせる。

その出自である全共闘体験、以後三十年を立松は、怯《ひる》まずに、真摯《しんし》に書き続けて来た。

「東京新聞」一九九九年八月二二日号

母ちゃん、ごめんな

静かに溢れ、流れいずる水の文体であると思った。垂直に人の体の中におりたち、時間の流れを遡行しつつ、意識となってゆるやかに下降してゆく文体の妙を立松は、早くから獲得していた。

吉川泰子は立ち止まった。今夜は法昌寺の寒行（寒中、題目を唱え歩く行）がおこなわれているのだ。法昌寺は、入谷鬼子母神の近くにある法華宗の寺で、毘沙門天を祀っている。揃いの半纏《はんてん》に団扇《うちわ》太鼓をもった面々が、釘付けになって歩けなくなった泰子の周りに集まって来る。路地の奥から風が吹いてくると同時に、泰子は、子供の姿をした透明な姉が駆けてくる気配を感じていたのだ。

昭和二十年三月十日午前零時八分、三三八機のＢ29は東京湾から侵入、本所、深川、牛込、下谷、日本橋、本郷、麹町、芝、浅草の各區に、焼夷弾を豪雨のように散蒔《ばらま》いた。炎の中、逃げ惑う人々を狙って、絨毯爆撃が容赦なく繰り返された。一夜にして、東京の四割が焼土と化し、死者は十万を超えた。

泰子は女学校三年の十六歳。言問橋も、川沿いの公園地帯も人々でごったがえし、火の粉が人々を襲ってゆく。父、母、姉の姿もすでにない。泰子は、子供の頃よく遊んだ船着き場を人に押されながら下り、最後の階段に足を漂わせていた。流れは速く水は冷たかった。「後から後から人が流れてきた」。静謐を湛えた文体は、六十年前の老女の記憶を鮮やかに炙り出してゆく。「火の粉が激流のようになって川面をすべっていく。姿を見せないたくさんの生きものが、暴れまわっているかのようであった。……川が燃えていた。火の川であった」。

やがて朝となり、泰子は死体の山に踏入りながら父母姉を探して歩く。隅田川から折り重なってあがった、死体の胸の名札から識別され父母姉は、親切な人々によって仮埋葬されていた。人の意識を水が流れるように書き写す、立松和平のこの文体を称して私は、「黙示の文体」と名付けたことがあった。この文体の妙をもって、作家は、時に熊や小動物の意識におりたち、木や草に変化し、風に彷徨う魂となって下界の風景を書き綴った。さまざまの境涯を背負って戦後を生きてきた人々の意識が織りなす曼陀羅絵、「草木国土悉皆成仏《そうもくこくどしつかいじょうぶつ》」の世界。命のあるものには、意識が宿るのである。

空襲で孤児となったのは泰子だけではなかった。（来歴不詳の）佐田、（女房子供に逃げられた）中川、（女装趣味のある）十郎。彼らの得意芸は落語。毘沙門講が跳ねた供養の宴席では、必ず小咄が披露される。その三人が、揃って隅田川の花火大会に出かけてゆく。だが、中川は二人とはぐれてしまう。仕方なく、見物客の人の海の中へ身を委ねる。

「この空が破れて、火の雨が降ってくる。中川は遠い日に見た光景が不吉な色をたたえて甦ってくることに怯え、その火から遠ざかるようにして、人の流れの中を進ん」でゆく。夜空に咲く大輪の花は、いやおうなく中川をその日に誘う。作家はゆっくりと、中川の意識に降りたってゆくのだ。

東京大空襲の三月十日、中川は六歳だった。乳呑み児の妹を背負った母は、中川の手を引いて火の海を必死に逃げ惑う。低空を飛ぶＢ29の機影を目撃すると同時だった、母が覆い被さってきたのだ。母は背中の妹と共に黒焦げになりながら中川を護ったのである。三月十日になると中川は永代橋の袂に、白菊を三本手向ける。六十の半ばに達した中川の心配は、自分が死ぬことによって、父と母、妹の残像が、この世から姿を消してしまうことである。花火の夜、一人浅草公園の観覧車に乗った中川は、泣きながらこう叫ぶのだ。「母ちゃん、ごめんな」。

母と妹と二人分の命をもらっていながら、こんな生き方しかできなかった身の不甲斐なさを、詫びずにはいられなかったのだ。

読中私は、「是《かく》の如き等の火熾燃《しねん》として息《や》まず」の法華経譬喩品《ひゆほん》の偈《げ》を幾たびとなく暗誦していた。作家立松和平は、「如来使」すなわち仏の使いであるのかもしれない。

「あとん」二〇〇六年一二月号

友へ

乖離性動脈瘤や会いにゆく高輪血噴柘榴坂はや

　雪の海辺で立松と山を見上げていた

淋しさやどうにでもなる風景の　言葉をつらねまた俺がいる
斜里岳のなだらかなれば優しくばいのちの水を汲みて渡さん
横殴る吹雪の中を凛として震えながらに名も知らぬ花
アムール河より流れ来たれる流氷の　水平線を日はのぼりゆけ

　最初の訪問客は君だった

塩鱒をぶらさげ立ちていたりしは放浪学生立松和平
遠来の友のためにと火を熾す黒松剣菱春まだ浅き
てみやげの益子で焼きしぐい飲みの　酒つややかに溢れせしめよ
くぐもっている鬱憤も晴らすべし可笑しくあらばブリキの銚釐《ちろり》
ならば飲む此処は駿東愛鷹《あしたか》の　山靄ふかき字柳沢

「文藝月光」編集会議、俺たちは長澤延子を語った

トランクに藏してきたる映し絵の　「ノコさん」何処の子桐生巷の子
六月三十日服毒なおも書き散らかす寄港日誌に漂う浮標《ヴィ》か
愛おしき命というはつねにその薄暗がりに揺れている花
海原へ洋々として発ちゆくは十七歳の愛しき自我《エゴ》よ

最後に君は、「眼鏡、アイマスク…」と妻に問うた

青空も水平線もゆがみおり眼鏡をかけずまなこ瞑れば
悲しんでいればや空の涯までも青くしめっているのであろう
やわらかに時は過ぎゆき映れるは死後の　レンズの涯なる世界
そうだともみんな分かれてゆくのだよ「剣菱」びしっと直立しよう
君死にしゆえにやいなやこの春は　濁酒にまぎれ闌けてゆくべし
学生作家立松和平と会いたるは蒼き稲妻　春雷の午后

「短歌研究」二〇一〇年六月号

第五章

さらば、立松和平

福島泰樹

今も時だ——立松和平交友史秘録

I

立松よ、俺たちは、ずいぶん人を送って来たな。

共通の友人といえば、石和鷹こと水城顕、そしてバトルホーク風間こと風間清であった。さらに君にとっては決定的な友、君や高橋公の兄貴分で、ノンセクト集団早稲田大学「反戦連合」を高橋らと立ち上げ、後にテレビプロデューサーとして辣腕を揮うこととなる彦由常宏。テレビ朝日の人気報道番組だったニュースステーション「立松和平心と感動の旅」は、オフィスボウの社長であった彦由の企画立案である。

1

短編『今も時だ』の頁をめくると、一九六九年という時代が荒々しい息遣いをもって一気に押し寄せてくる。

大隈講堂に権威の象徴として鎮座するグランドピアノが、黒ヘル集団の学生達によって白昼のキャンパスに引きずり出されたのである。学生たちの中心には、ジャズミュージシャントリオがいた。敵セクトが籠城する学部のバリケードを突き破り、ピアノやドラムを持ち込み、激突のさなかジャムセッションがおこなわれるのだ。

黒ヘルはあっけなくバリケードをつきくずし、一気に踏みこんでいった。(……)連中には、何事も起こらないのはあまりよいことではないはずだった。ありきたりのおだやかな場所にピアノを持ちこみコンサートを開いたのでは、今までとかわりがない。ぼくらのトリオのために、連中は連中にとって世界中でこれ以上のものはないと思いこめるような場所をつくりださねばならないのだ。

(……)学生たちが今までさんざぼくや島田や実をつきはなしたように、今度はぼくらが思いきりつきはなしてやればいい。時は今だ。とばすぜ、アクセル全開だ。いいか、島田に実、ついてこいよ。俺がちょっとでも油断したなら、かまわず追いぬいていけ。だが、俺だって負けちゃあいない。ここは俺たちが待ちかねている場所だ。俺たちの戦場だ!

胸を結核菌に侵されている優しき現代の沖田総司、ジャズピアニスト「ぼく」は、トリオの仲間や学生たちのいたわりを拒否し、熱狂的にピアノを叩く、恋人の名を叫び、吐血し、全身真紅に濡れながら。ヒーローのこころは、幼児期戦場であった満州の草原をさ迷う。ナイトクラブのホステス、恋人七恵にとって、ベッドが戦場であるように、一九六九年という戦場はたしかに在ったのだ。

ぼくらは暗い日本で燃えさかる火花。迎春花《いんちゅうほわ》、けしの花の咲きみだれる満州だ。

これはもはや、詩である。満州で生まれた肺病のピアニスト「ぼく」を主人公に、立松は、父母と共に在った戦時の満州での幼年の記憶と、恋人七恵との思い出を重ね合わせ、現在と往き来させる意識の文体を、ジャズのアドリブの要領で自在にしている。これは、失われてしまった叙事詩の復活劇といってよい。

『今も時だ』を読み返してしみじみ思った。以後の歴史は、全共闘運動を不当に貶めてきたが、学生たちは六〇年代を燃え盛ったバリケードに象徴される学園闘争を通して、参加者自らが、自らの決意と責任と主体性を持って、自己変革に関わる戦いの場を現出させたのである。それは、維新以後百年に及ぶこの国の支配体制、社会秩序そのものに否を突きつける闘争であった。早稲田大学が誇る権威と伝統の象徴（日本に数台しかない）スタインウェイは、学生たちの手によって白昼のもとに曝されたのである。

ほほゑみに消《に》てはるかなれ霜月の火事のなかなるピアノ一臺

私がその頃、最もリアリティを感じた塚本邦雄のこの一首は、この時代の出現を美事に予見していた。一九七〇年霜月二十五日、市ヶ谷自衛隊東部方面総督室での壮烈な死をも、視野にいれている。

暗殺の豫感眞青ににほひ來と歌へはらわたのかたちのホルン

腸《はらわた》のかたちをしたホルンは歌い出しはしなかったが、バリケード封鎖中の地下室で、息を殺してうづくまっていたテナーサックスが、突如高らかに叛逆のメロディーを奏で始めるのである。

殺されし者と殺しし者の差のあきらかに夜のあぢさゐ撓む

これらの歌を載せた塚本邦雄第六歌集『感幻樂』は、私の処女歌集『バリケード・一九六六年二月』と相前後して、一九六九年秋に刊行され、意識的な学生たちによってバリケードの中で回し読みされているが、思い起こして詮なるかな、の感が深い。

時代の緊張を先取りしたこれらの歌は、殺す者と殺される者といった愛憎を超えた「内ゲバ」の論理を、先取りしているといってもいい。

ところで『今も時だ』のモデルとなった、バリケードで山下洋輔トリオによる演奏がおこなわれたのは、一九六九年夏。この場面を演出した男が彦由常宏であり、指揮棒を振るった男が、高橋公である。二人共に、立松の生涯の盟友である。彦由常宏の生い立ちから話すことにしよう。

彦由の故郷は、山口県周防の大島郡屋代島（大島）の先にある孤島「沖家室島《おきかむろ》」である。誕生は、昭和十九年三月三十一日。家は代々の番屋をつとめ、島の漁師を束ねていた。漁民の家を見下ろす屋敷からは、九州、四国を一望できた。男ならやってみろ！　高い崖から荒波渦巻く海へ飛び込むことを命じられるままに育った。

小学校からは、瀬戸内海に面した柳井で過ごした。中学時代には、西日本剣道大会で優勝。県立柳井高校時代には、剣道三段を取得していた。在学時代、こんな話が伝わっている。

顔を腫らした部員に、彦由は訊ねる。電車通学の途中、不良グループに殴られたという。キャプテンを務める彦由は、部員三人を連れて殴り込みをかける。むろん素手である。意気揚々と引きあげてきた彦由に、学校側から無期停学の処分が下る。

復学、卒業後の一九六四年四月、早稲田大学政経学部入学と同時に、雄弁会に入会。新聞記者を目指すが、先輩茅島洋一から「ブル新の手先となるのか」と言われ方向を転換する。茅島は、九州柳川出身の熱血漢で、後に「伝習館闘争」の中心人物として、勇名を馳せることとなる。いまでも和服蓬髪、背筋を崩さぬこの男に会うと、私などは早稲田の同期であるのに、ついつい緊張して敬語が飛び出してしまうありさまなのだ。すでにして一国一城の主の風格をもった男たちは、学生の中にいくらでもいた、人材ゆたかな時代であった。

ほどなく、彦由は、中核派の理論的オルガナイザー本多延嘉と出会い、思想的影響を受ける。本多のボディーガードを買って出たりもした。

翌、一九六五年日韓闘争の秋、早大本部前広場では、学生会館の管理運営権をめぐる集会が連日おこなわれていた。十二月、団交を求め本部を占拠した学生を排除するため機動隊が導入された。十二月、冬休みに入り学生の帰省が始まると同時に、早大当局は来春度から学費の値上げを発表。一月六日「全学学館・学費共闘会議」の結成。一月二十一日、全学バリケードストライキ突入。

文学部の四年生であった私は、全学共闘会議政経学部委員長彦由常宏が、演説する姿をまざまざと覚えている。なによりも、蹶然としていた。構内では連日、五千人もの学生が抗議集会に加わり、デモをして歩いた。この時すでに、彦由は、演劇科の学生で「早稲田小劇場」の女優土佐林眞木と共に暮らしていた。前年入学の眞木は、十九歳だった。世田谷にある眞木の実家が、二人の愛の巣、アジトとなった。六月バリケードの自主撤去から数ヶ月、起訴された学生十数人が退学処分となった。当然のように彦由常宏も、その中の一人であった。

だが、彦由は、早稲田を去りはしなかった。

一九六六年二月、私たち全学四年生協議会が打ち出した受験阻止闘争の最中、立松は機動隊に護られながら近隣の高等学校で政経学部の入学試験を受けている。

2

彦由の女房となった土佐林眞木の存在が数年後、彦由常宏と立松和平との出会いをもたらすこととなり、麿赤児と彦由との交流につながってゆき、やがて立松と麿とを引き合わすこととなるのである。

このような緩慢な人と人との交流史が、突如擦過し、激しいエネルギーに転化した時、時代の表現は生まれてゆくのである。立松和平の初期小説を飾る『今も時だ』は、その恰好の例であろう。立松和平が、鉛筆を握るまでに実に多くの人々の熱意が時を動かせていたのである。そして、彦由、高橋、山下洋輔、立松和平、麿赤児らの交流が、縺れ合い絡まり合いながら、LP版レコード『DANCING古事記』の制作へと連なってゆくのである。

四十年前、私は土佐林眞木に会ったことがある。一九七〇年の春であろう。大塚で出会ってほどない夜、新宿で飲んで、立松に連れて行かれた店が花園神社脇の「モッサン」であった。そこで彼女はアルバイトをしていた。カウンター越しに、「ワッペイ」ちゃんと呼ぶ笑顔をいまだ覚えている。立松の愛称が「ワッペイ」であることを、初めて知った。君は、学内の人気者であったのだ。

才媛土佐林眞木は、作家有馬頼義の秘書をしていた。応募してきた立松の作品を読んだ有馬は、土佐林に会いたい旨を伝えた。立松の才能の最初の発見者は、有馬頼義であったのだ。若くして五木寛之、三浦哲郎、高井有一、後藤明生らの知遇を得たのも、荻窪の有馬邸で毎月開かれる「石の会」に入会できたからである。また有馬頼義は、第七次「早稲田文学」の編集長をしていた。その縁で、立松は「早稲田文学」でデビューを飾ることとなるのである。

話は前後するが、土佐林眞木は、早稲田車庫の裏手、豊川橋を渡った淋しい場所にある「ミヤ」というバーでアルバイトをしていた。六〇年代後半の政治的嵐の時代を迎えた頃であろう。「ミヤ」は、社会学部の溜りになっていた。その学生の一人が、後の「反戦連合」の活動家で、立松と今日に至る親交を結ぶこととなる高橋公である。（後に映画監督として活躍、映画『光の雨』制作で、立松和平の無念を晴らすことになる高橋伴明もまた、高橋率いる「反戦連合」に結集し、第二学館闘争を闘う学生の一人であった）。

立松和平のいま一人の盟友で、「公」の名前から、「ハムさん」の愛称で親しまれている高橋公の歩みを簡単ながらお浚いしてみよう。正式には、「公《ひろし》」が本名である。

高橋公は昭和二十二年十一月、福島県相馬市原釜の漁村に生まれている。

元日大全共闘の新妻好正（いわき市「縄文魂《ソウル》の会」主宰）の招きで、相馬市の施設で短歌絶叫コンサートを開催したことがあった。茫々とひろがる太平洋、そして雄大な野馬追いの千年の歴史。なるほど風土は人を育てる。そして、立松和平生涯の盟友二人が、かたや周防灘、こなた松川浦。二人共に太平洋の荒波に生まれ育っていることに驚く。

相馬、中村藩は、六万石の小藩ながら武を練り祭りを盛んにし、倹約を藩是とする良政を布いてきた。しかも、戊辰戦争時には、奥羽列藩同盟に加わり官軍と参戦している。義と情の篤い土地柄であるのであろう。

とまれ高橋は、いわき市小名浜の中学を卒業後、横浜市の希望ヶ丘高校に入学。在学中、民青に加入。高校を四年かけて卒業、佐藤訪米阻止羽田闘争が闘われ（京大生山崎博昭が殺され）た年の、一九六七年四月、早稲田大学に入学。大学は立松の一年後輩とある。

宮崎学らと出会い、民青の同盟員として活動していたが、一九六八年一月、佐世保エンタープライズ寄港阻止闘争後、彦由常宏と出会い、勉強会を始め、民青を脱退する。

翌月二月、中央大学が学費値上げ闘争に勝利。学生気分のぬけない私などは、しみじみと勝利の喜びを噛みしめたものである。そうだ、一九六五年、慶大学費値上反対全学無期限ストライキに始まる学園闘争は、六六年、早大学費学館闘争の百五十日にわたるバリケード封鎖、六七年明治大学、高崎経済大学のバリストを経、ついに中大において、白紙撤回を勝ち取ったのである。三里塚闘争、ベトナムの死傷者を受け容れる王子野戦反対闘争も激化していた。この間、4・26国際反戦統一行動等、高橋公の新たなる闘いの日々が始まろうとしていた。

官憲の弾圧の中、闘いは先鋭化し、組織の分裂を生んだ。

七月には、中核派全学連が結成され、三派全学連（社学同・社青同解放派・マル学同中核派）は分裂。中核派と革マル派との衝突も激しさを増す。このような状況を受けて、全共闘結成こそ、急務であると高橋は考える。高橋は、運動家に成長していた。

一九六九年二月、東大安田講堂攻防戦の翌月、二月七日、早大15号館に二五〇名を集めて「反戦連合」の初集会がおこなわれた。この時、（前年九月三十日、日大講堂に三万五千の学生を結集した大衆団交を成功させた日大全共闘書記長田村正敏が、全国指名手配中のなか、駆け付けて早大全共闘の結成を熱烈に呼びかけている。三月二十五日、記念会堂でおこなわれる全学卒業式粉砕が、高橋ら「反戦連合」の最初の闘いであった。

高橋を苛烈な戦いに向かわせたのは、全共闘が提起した「自己否定の論理」であった。戦うということは、自分を否定するということなのである。自身の来歴と現在を鋭く糾すことなしに、闘いはない。安田講堂陥落後、籠城した学生たちが残した落書が高橋の心を震わせた。

君もまた覚えておけ
藁のようにではなく
震えながら死ぬのだ

一月はこんなにも寒いが
唯一の無関心で通過を企てる者を
誰が許しておくものか

＊

連帯を求めて孤立を怖れず
力及ばずして倒れることを辞さないが
力を尽くさずに挫けることを拒否する

民青が影響力をもつ法学部を除く、ほとんどの学部を革マル派が制覇していた。

四月十七日、前夜明大に泊まり込んだ高橋ら「反戦連合」の学生たちは、江戸川橋公園に集結。

手に手に角材が配られ黒ヘル、タオルで顔を覆った武装集団百二十名は、革マルが制圧する大学本部校舎へ向かった。早大正門前から大隈講堂、第二学生会館周辺で激突が始まった。

高橋が指揮する「反戦連合」は、大学本部校舎を占拠し、革マル派は馬場下、文学部校舎へと退却した。以後、四月下旬から五月にかけて、各学部で学生大会が開催され、バリケード封鎖によるストライキが決議され、早大全学は全学無期限バリケードストライキへと突入していった。

再び、『今も時だ』に話を戻そう。

一九六九年六月のある日、東京12チャンネルのディレクター田原総一朗から、彦由は相談を受ける。山下洋輔トリオの演奏を早稲田でやらせたい。

当時、田原は「ドキュメンタリー青春」という番組を担当していた。田原の狙いは、内ゲバの争乱状態をつくりだして、その中でジャズの演奏をさせ、テレビで全国へ向けて放映をする。何が起こるか分からない、危険な企てである。出演者が怪我をしたらどうするのだ。自身だって職を失いかねないではないか。彦由は、さっそく早稲田のノンセクトラジカルを結集した「反戦連合」のリーダー高橋公に、そのことを伝える。

高橋は、即座に判断した。よし、ならば敵対セクトが立て籠もる四号館のバリケードを突き崩し、中にピアノを持ち運び、コンサートを開催しよう。闘争資金も枯渇していたのであろう。

この報に田原は、動いた。山下洋輔にこう告げるのだ。

よし、「異常な状況」の中で演奏しているところを取材させよう。こうして、バリケードのジャムセッションが開催される手筈は整ったのである。

立松和平は、この出来すぎたモチーフに、どのような筋を与え脚色を加え、どのように小説として組み立てていったのか。「ＪＡＺＺによる問いかけ、自己を武器化せよ！　自己の感性の無限の解放！」。立松は、本部広場に、立看をたてることを忘れない。

3

だが、実際には、田原総一朗が期待したようにはならなかった。四号館を占拠する黄ヘルメットの民青全学連は、攻撃を仕掛けてはこなかった。テレビ中継を気にしての、指令が上部から出ていたのかも知れない。「暴力学生／民青」のイメージを怖れたのであろう。

夜毎、阿佐ヶ谷の須賀神社の境内では、境内に集まったトレパン、地下足袋に身を固めた若者たちが、大声をあげて剣道の稽古に熱中していた。師範は、彦由常宏である。稽古と並行して「古事記」の勉強会がおこなわれていた。日本古来の記紀万葉を学んでこその文化であり、運動である。ここに武道家彦由の思想があった。むろん立松も、組長彦由常宏配下の組員である。彼らの心中には、幕末の志士たちの想いが、渦巻いていたのであろう。

『今も時だ』が書かれたのはこの頃だ。

立松にとっては、商業文芸誌「新潮」発表は作家のデビューに等しかった。「新潮」に発表されたことによって、バリケード内でのジャムセッションが話題となり、演奏の録音を土佐林が田原から借り受け、彦由宅で、山下、麿、立松等が集まり試聴会がおこなわれた。レコードにしようと、立松が言った。

麿赤児を社長にして、「麿プロ」ができあがった。唐十郎率いる「状況劇場」を飛び出した麿は、無聊を託っていたのかもしれない。「大駱駝艦」創立はその翌年である。事務所は、立松のアパートと決まった。立松によれば、「早稲田文学」の事務をしていた小山内美千繪と、ようやく所帯をもった二人の部屋に、「うすぎたない連中」が始終集まって来るようになった。立松は慌ててアパートを探し、事務所を移転する。

電話も移転し、事務所を開設したまではいいが、レコードを作るのは並大抵のことではなかった。なにしろ資金がないのだ。録音は、東京12チャンネルのスタジオを無料で拝借した。しかし、音盤だけではなく、それを包むジャケットや解説書も必要だ。販売するためには、チラシやポスターも制作しなければならない。『DANCING古事記』制作に至る苦労話は、実に楽しい。あの時代の、若者たちの在りようがむんむん伝わってくる。

志を同じくする者たちが、分け隔てなく肩を組み合う。『DANCING古事記』もまた、全共闘運動の余熱のなかから生まれた。もう、二度とこのような時代はあらわれないであろう。

テイチクレコードから発売された『DANCING古事記』は、彦由常宏のアジ演説から序《はじ》まる。

あらゆる機縁は、彦由常宏から生まれた。彦由のその後を、書き記しておきたい。

一九六九年秋、第二次早大闘争以後、構内から姿を消してゆく。

築地の魚河岸、深川木場の材木問屋、週刊誌記者等、職種を転々とするが、なにか落ち着かない。幸い、郷里山口「防長新聞」(平成五年四月二一日号)での談話が残っている。

「でも何か物足りない。だらしない自分に愛想が尽きる。自分を鍛え直さなくては、と思い立って、ほとんど住み込みみたいにして剣道の修行に打ち込んだんです。柳高時代、三段でしたから、町道場で教えながら、一方で学んだんです」。

彦由は、妻と共に厚木市戸室の滝澤範士(九段)が開いたばかりの思斉館に住み込む。


これはもう、昭和の剣聖と言ってもいいと思うんですが、警察大学の大師範・滝澤光三先生です。八年ほどやったんですが、滝澤先生に教えられた人生訓が「一刀で廃《すた》れ」です。廃ることを怖がってはいけない、一刀を振りかぶって打ち、身を捨てることができれば生きる、いまも何事にもこの気持で取り組んでいます。

塾の教師などをしながら、剣一筋にこの間を妻と生きる。

一九八五(昭和六十)年、制作会社「オフィスボウ」を起こす。一九八六年、テレビ番組ニュースステーション「こころと感動の旅」に立松を起用したのも彦由であった。テレビ出演は、その後の作家の在りようを大きく変えていった。全国津々浦々の人々が声援を送った。

テレビ朝日のモーニングショーに、美里美寿々とニュースキャスターとして出演したこともあった。大江健三郎をテレビに引っ張り出し、広島からヨーロッパ反核の旅の日々を続けた。常に、歴史を視野にいれた社会性ゆたかな番組制作に取り組んでいた。

「我々が生きた昭和は政官相合しアジア諸国を侵略し、国内的には弱いものを虐げてきた歴史を持つ。それが昭和の夢のつらい落とし所だ。だとすれば、いま、平成日本の大義とは非戦の心ではなかろうか」(「毎日新聞」平成三年四月九日号)。心に残る言葉である。

一九九七(平成九)年二月二十八日死去。行年五十二歳だった。死因は下咽頭癌であった。

立松が見舞いに行った時のことを話して聞かしてくれた。髭を蓄え、柱に凭れ静かに微笑する姿は澄明で、道を究めた武芸人のようであった、と立松は涙に潤んだ細い目を瞬かせた。

死の床の枕辺には、武道の書が積み重なっていた。

立松和平は、五十歳にして最も大きな存在(友)を喪したのである。

II

1

夕刻、突如睡魔に襲われる。起きていられない、こんなことは始めてだ。なんとか、背広を着ようと立ち上がる。葬式に行き損なってしまったから、なんとしても一周忌の集いには出席したい。いつの日であったか、日本ペンクラブが主催した「牢獄の日」のイベントに呼ばれ、新宿紀伊国屋ホールで「短歌絶叫コンサート」を開催したことがあった。この時の担当委員長が、早乙女貢であった。

体がやたらに怠く、荷物をもつ気にはなれず、愛用の鞄に用意しておいた熨斗袋と財布と携帯電話を取りだし、背広のポケットに収める。ネクタイをするのも大儀である。地味なネクタイをポケットに玄関を出る。

有楽町で下車、通りを渡って東京會舘に向かって歩き出した時だ。振動音を感じて、ポケットに手を入れる。美千繪さんからである。「立松がいま……。何かあったら、福島さんに連絡するように、と言われてました」。病院の場所と名前を繰り返し確認し、電話を切った。いつもは鞄に電話をいれておくのだが、夕闇の人混みの中、鞄だったら気が付かなかったろう。

入院加療中との報せを受け恵比寿のお宅に伺ったのは、一月二十八日。病名は乖離性大動脈瘤、病名が判明したのが、一月二十日。二十一日に手術がなされ、手術は十六時間に及んだという。美千繪さんは、刻々の時間をどのように耐えたのであろうか。

幸い手術は成功したとのこと。ただ、体に負担をかけないように、薬で眠らされている、という。気丈にふるまわれているのであろう。しかし、ひとまずは夫人の微笑に、安堵の胸を撫で下ろしたのであった。家族以外の面会はできないとのこと。

改札口を走り抜け階段をのぼり、山手線に飛び乗る。品川までは、新橋、浜松町、田町の四駅。有楽町で、報せを受けたことに感謝した。方向音痴の私は、いつもは間がわるいのだが、気が付くと、タクシー乗り場に来ていた。「××病院。御願いします」。

車は見覚えのある坂道を上ってゆく。柘榴坂だ。

病院までは数分の距離。受付で問いただし、立松が待つ二階の集中治療室に駆け上がった。報せを受けてから、十五分と経ってはいない。

ベルを捺す。無機質な若い女の声だ。用件を述べる。

引戸の向こうには、美千繪さんと心平君。治療室のすぐ隣りにある「家族控室」に案内される。「二月八日午後五時三十七分」。死因は、多臓器不全。そうであったのか、臓器が唸りを生じるほどに働き続けてきたのか。いつも穏やかな笑みを湛えて人と接していた。立松は、昭和二十二年十二月十五日の生まれであるから、まだ六十二歳になったばかりではないか。

長女の山中桃子さん、次いで高橋公が駆け付けて来る。桃子さんは、画家で挿絵の世界でも頑張っている。立松の本を沢山手がけてもいる。立松が検査入院したのは先月十五日。ほどなく、次男福介君が誕生している。作家は病室で、携帯電話に送られてきた画像を嬉しそうに眺めていたという。

高橋は、立松の一年後輩で、文字通りの団塊の世代だ。早大中退後は、自治労、連合局長を経て、食糧・農林漁業・環境フォーラムなどさまざまの分野で活躍、相変わらずのオルガナイザーぶりを発揮している。立松和平が理事長をつとめる「NPO法人ふるさと回帰支援センター」の事務局長。立松とは四十年来の親友である。活動家高橋にとっては、一生忘れられない記念すべき一九六九年四月十七日。「反戦連合」が、大学本部を革マル派から奪還した日、立松ら「文章表現研究会」の何人かが、危ない橋を渡って食糧の差し入れをしてくれたとのことだ。それを高橋は、いまでも相好を崩して昨日のことのように話す。友情とは、そういうものなのだ。

この人が来れば、すべて仕切ってくれるであろう。控室のドアが開く、高橋が報せたのであろう木訥そうな背広姿。名刺には、「株式会社ウェイツ／代表取締役／中井健人」とある。

立松は、ウェイツからエッセー集『小さいことはいいことだ』を刊行している。中井は、どうやら大学の後輩らしい。この先、どうするのか美千繪さんの意向を伺う。

集中治療室から連絡が入る。面会の準備が整ったとのことだ。

広い病室に、作家は憮然とした表情で眠っていた。髭を剃り終えたばかりの顔は、耳の下から喉元にかけて大きく膨らみ、闘病の凄まじさを物語っていた。

手術がおこなわれた一月二十一日から、立松は十八日間も眠らされていたのである。作家は妻の呼びかけに、どのように応えようとしていたのか。あまたある雑誌や新聞の連載も中断せざるをえなかった。どんな些細な約束も守った。原稿も期日に仕上げていた。終生を律儀で誠実な作家であった。きっと第八識、阿頼耶識という意識の世界で、君は締め切りを気を揉みながら書き続けていたのではないのか。君の頭の中には、これから書かれるであろうたくさんの小説が構想されていたはずである。

昨年創刊の君との共同編集「文藝月光」(勉誠出版)三号は、「全共闘」を、四号は「満州」を特集。君は、父君の満州体験を主軸にした小説を書くと張り切っていた。大作『歓喜の市』(昭和五六年刊)で、君は、引き揚げ後の家族を書き、以後の小説を書くことによって戦後六十五年後の、今日に至った。満州の、父、祖父の歴史を書くことによって、ひいては日本近現代の歴史を抱えた家族の夢が完結するはずであったのだ。だが、もう君はそれを書くことができない。思えば、締め切りに追われ続けた四十年近い歳月であった。

「ウエーク・アップ!　タテマツ」。

立松よ、起きろ!　こころの中で私は、そう叫んでいた。

君以外のもうなにも目には入らなかった。君が横たわるベッドの傍らに跪き、私は声を低め君だけに聴こえる声で、臨終経をあげた。ほどなく高橋、中井両君の手助けで、君は担架に乗せられた。私は、両手で両足を揉んでやった。この足で君は、結婚したばかりの彼女を置き去りにしてインドを放浪したのだ。作家への決意を固め、居を郷里宇都宮に移した君は、この足で自転車を漕ぎ、田舎道を勤務先の市役所に通い続けたのだ。この足で、全国津々浦々を取材し、世界の国々を旅し、ついには北極南極までも足跡を残している。近年は百霊峰をめざし登山に情熱を燃やしていたではないか。立松よ、君の旅は終わってはいない。「しっかりと歩いてゆけよ！」、涙をおさえながら、私はそう叫んでいた。両足には温もりが残っていた。

作家は、家族に囲まれながら病室を後に、階下の霊安室に向かって行った。

2

高橋公、中井健人とタクシーに乗り君の後を追った。恵比寿三丁目の小さな坂道に建つ、懐かしのわが家に作家は二十四日ぶりに帰って来たのである。いつもノートを手放したことのない君であった。旅先の待合室や車内や機内で、胸元にメモ帳を広げものを書く姿は、祈りをする人のそれに似ていた。祈るように、君は書き続けていたのか。

作家の寝室であり、夫妻の憩いの間である二階に布団が布かれた。襖に仕切られ仏壇のある昔ながらの佇まいである。報道番組のレギュラーとなり、人気を博してからもその木訥な人柄は変わることはなかった。私生活においても、驕ることのない質素を旨としていたのである。

喉が渇いたろう、みんなで口に水を含ませた。

遺族と近親者だけで静かに葬送してやろう。恵比寿駅前で、ビールを傾けながら、高橋、中井両君と、遺族の意向を再度確認して別れた。

だが、翌九日朝から、電話が鳴り続けた。新聞社の知るところとなったのである。そんな中、私は「讀賣新聞」「東京新聞」「共同通信」の三社からの追悼文の依頼を受けている。締め切りは明日午前中。一つだって書けるかどうか分からない。しかし、作家の無念（「光の雨」筆禍事件）を晴らしてやるのは俺しかいない。午後、永田泰修の運転で、村瀬和正と恵比寿へ向かった。村瀬は、盗用問題が発生し、世間の指弾に曝された折、作家をインド巡礼へと導き、『ブッダその人へ』（佼成出版）を書かせた人である。帰宅後、私たちは立松の席を設け、彼のグラスになみなみと酒を注いだ。

翌朝、顔も洗わずに書き始めた。「謝るな立松、と私は叫んだ。連赤幹部の総括の著作という歴史的資料で、事実に迫ろうとしたのではなかったのか」（讀賣）、「全共闘世代が葬り去った時代の闇を書き留めておくことが、責務となって作家を衝き動かしたのである」（共同）、だがついに君は「初志を貫き誰も書かなかった連合赤軍肅清《リンチ》事件『光の雨』（九八年）を書き上げた」（「東京」）。三紙の校正を済ませ慌てて顔を洗う。三時半、作家立松和平は、此処下谷法昌寺の本堂に帰って来た。

悲しみの遺族、知友に囲まれて、これから君の通夜がとりおこなわれるのだ。

生前刊行の著作三〇〇冊。環境問題、帰農を促す「ふるさと回帰運動」を先導、世界に語りかけることをやめない真摯な運動家の死でもあった。時代と人間の闇を見据え、責務に生きた誠実な作家であった。この正月、立松と愉快な酒を飲んだ。俺の傍には、いつも君が付き添ってくれた。数日後、勉誠出版から刊行が始まった『立松和平全小説集』全三十巻、第一巻配本『青春の輝き』の贈呈を受け、電話した。元気な声が返ってきた。それが、最後だった。

3

君は実は、詩人であったのだ。このことは誰も知らない。君との共同編集でスタートした「文藝月光」二号「宮沢賢治特集」に、君は「観音」と題した詩を発表している。いま、ゲラで読み返しているところだ。「文藝月光」の編集会議では、「いいだろう」という君に、「長すぎる」と言っただけで、褒めもしなかった。

「マレーシアの砂糖椰子園」に佇って君は書いた。日付は不明である。

「ここに森があった。／私達の遠い先祖が、／峻険な峰を越え、／深い谷を幾つも渡り／数えきれないほどの／命を落とした果てに／辿りついた安住の地こそ、／深々と命に濡れていた、／あの森なのである」。

作家は、自然保護（嫌な言葉だが……）を訴える運動家でもあった。春になると君は栃木県足尾に出向いた。植林のためである。足尾銅山精錬所から流出した鉱毒は、渡良瀬川下流の農民たちに厖大な被害をもたらし、山河は破壊され禿山荒地と化すに至った。また、維新に始まる乱伐の歴史は、日本の山河から檜、欅、楠など神木と呼ばれる巨木を奪い去っていった。

樹木の成長には数百年を要するのである。作家は、不伐の森「古事の森」の提唱者でもあり、その運動は、林野庁を動かし鞍馬山（京都）、春日山（奈良）、高野山（和歌山）に及んだ。神社仏閣や城郭を修理するにも輸入しなければならない、日本の森や山に木がないんだよ。だから、千年先を見据えて木を育ててゆかなければならない、と常々君は話していた。

あの森は何処にいった。
私たちを柔らかく包んで
生きとし生けるもの全てを濡らす
露の一滴一滴に、
全宇宙が宿っていた。

あの森こそ、

私たちの心でもあったのだ。
消えた森よ、
消え衰えた私たちの心よ。
安住の地をなくした私たちは、
帰ることのない
漂泊の旅に出るしかないのだ。

この作家の声は悲痛だ。「観音――宮沢賢治に」と題した六篇に及ぶ長大な詩の中からさらに「生命の気配」を引く。これは九年前に立春書房から刊行された『生命のけはい――ヤポネシア探求紀行』の巻頭を飾った詩を、大幅に改稿したものだ。作家の命への畏怖、命の思想が籠められている。

ほと走る怒りの水に怯えつつも、
迷いこんだ森の
ヒメシャラの白い花を灯《ともしび》として歩み、
樹の根瘤を枕とし、
獣の皮のような苔を安住の褥に横になった。

恐怖の幾夜をへて眠りについた赤子の私を、
誰が揺り起こした。

青空の破片の下で、
億の身をもて芽ぐむ樹々。
知られぬよう静かに息をする樹々。
隠しようもない生命の気配は、
何も変わらぬ太古の景色ではないか。

踊ったまま敬礼して立つ剽軽な、
かつ重厚きわまりない
カツラやオニグルミの森も、
私の父母が
今も糸を紡いでいるその場所だ。

いってもいってもいっても森は、

何処までも同じ風景が連続する。
蔦に絡まれた根を踏み越え、
希望といってもよい谷を下った刹那、
私の父母は
子を失した親となったのだ。

絶望の数だけ樹が立っている。
樹の数だけ、
土の中に赤ん坊が埋まっている。
なんという気配だ。
千年前と何一つ変わらぬ森なら、
誰が私を起こしたのだ。

自身の死をも、このように立松は受け容れていたのかもしれない。
友の旅、友の体験は、自身の旅、自身の体験である。友は体験を友に語ることによって、初めて自身の旅装を解くことができるのである。友情とは、人生とはそうしたものだ。

III

1

立松、そうだ、君と俺とは、ずいぶんと友人たちを送って来たな。なかでも忘れないのが共通の友、「すばる」編集長水城顕。後の作家石和鷹だ。

黒塗りのハイヤーに乗せられて君が着いた所は、埼玉県菖蒲町の深沢七郎邸。ひょんなことから二人は、一夏を毎日鼻つき合わせ、同じお膳で小説を書くこととなる。これは、徒好《いたずら》きな水城さんの陰謀である。伝説に満ちた六十六歳の大作家と、いまだ三十二歳の若手作家とが……。希有な体験というしかない。こうして「すばる」に連載の、長編小説上下二巻『歓喜の市』は、集英社から刊行されることとなるのである。

君が、水城さんに連れられてラブミー牧場を訪れた頃、私は、新宿歌舞伎町の「アンダンテ」という小さなバーで、「鉄腕ボトル」こと水城顕に出会っている。

肩組んではしご梯子せしよ夜や街の灯や「鉄腕ボトル」と名告りし男よ
フロックコートの男あらわれ消えてゆく紅蓮に燃える街の灯いずこ
ベティちゃんのような女と遊びおり　むらぎもさぶく更けてゆく夜を

奔放な情痴の涯の一生の　せめて街の灯映して閉じよ

それから九年後の昭和六十三年の年の暮れだった。水城さんは三十六年間のサラリーマン生活に訣れを告げ、作家専心の日々を迎えることとなる。作家石和鷹五十五歳。すでに処女創作集『果つる日』他、三冊の創作集がある。

昭和が平成に改まった年、水城さんは『野分酒場』で、第十七回泉鏡花賞を受賞。ともかくも水城さんは、作家としてのスタートラインに着いたのだ。荻窪の自宅に祝いに駆けつけると、寺田博(君の後を追うようにこの春逝去した)や立松和平を前に、水城さんは嬉しそうに杯を揚げていた。

順風満帆を思わせた水城さんの行く手に黒い影が立ち塞がった。最初は腰痛だった。総合病院の整形外科で診てもらった結果、「椎間板ヘルニアによる坐骨神経痛」であった。しかし、水城さんの酒量は衰えをみせなかった。会えば、腹が捩れるほど笑い合い、剛毅な酒を飲んだ。私にいやな予感が走った。

グラスを片手に、煙を吐き続ける、年長の無頼の友に、私は警告を発し続けていたのだ。「煙草をやめろ!　喉を癌でやられるぞ」。すると、水城さんは、ニタリッと笑い、これみよがしにぷかぷかやってみせるのだ。私の予感は的中してしまった。平成五年五月、大塚の癌研で下咽頭癌の宣告を受けていたのだ。手術の前日、立松和平と阿佐ヶ谷で待ち合わせた。

咽頭癌摘出前夜こっそりと盃を揚ぐ笑みを忘れず

水城さんは二階の書斎で休んでいた。慌てて、夫人が酒の用意をしてくれる。「立松も立松だ、なんで病気の見舞いに一升瓶をさげて来たのだ」と内心、私は立松を詰っていたのだ。だが、それは水城さんを励ます格好の見舞となった。手術をすれば、声帯を失う。出征兵士を送るように私は、水城さんのぐい呑みに酒を注いだ。

水城さんは、早稲田のオープンカレッジで、講義をもっていた。残りの講義を立松と私が分担することにした。立松は自身の多忙を意にもかえさず、「校正でもなんでも、俺のできることならなんでもするよ」と申し出た。私は、立松のこの時の言葉を一生忘れない。

「水城さん、俺たち作家には、たとえ声が出なくなろうと、ペンがあるじゃないか。そうしていままで、表現してきたじゃあないか。書きたいこと、言いたいことはなんでもペンで書けばいいんだよお」。二人のやりとりに、私は涙を圧し殺していた。水城さんの濁声を聴くのも今宵かぎりだ。

数日後、立松と大塚で待ち合わせた。癌研へ行ってみると、声を失った水城さんはベットで原稿を書いていた。立松は、この日のことを『ラブミーテンダー　新　庶民列伝』（文藝春秋・平成一三年）にこんなふうに書いている。

「石和さんはベッドの上にあぐらをかいている。私がはいっていくと、いつものようによっと手を上げた。浅黒い顔は相変わらずだ。いろんなチューブにつながれているが、思いのほか石和さんは元気だった」「石和さんはにこにこして、真新しいホワイトボードにフェルトペンを走らせた」。「一にケンコー二にケンコー」。

声を喪った石和鷹はたじろがなかった。「親鸞の再来」と謳われ愛欲の海に沈淪し、明治大正昭和を自らの生を貫いた稀代の僧・暁烏敏《あけがらすはや》に自らの在りようを重ね合せた小説の構想『地獄は一定すみかぞかし』がなったのもこの頃である。

名を呼べど応えてくれぬ俺が汲む　末期の水ぞたらふくに飲め

平成九年四月二十二日午前八時四十分、水城顕、作家石和鷹は臨終を迎えた。喉の穴から最期の息を吐いた。末期癌の痛苦に耐え、なお厳しく自らを鞭打ち、懊悩の涯に人間生死の真実を見極めようとした、『地獄は一定すみかぞかし』（新潮社・平成九年）の大作を美事に成就し、作家の顔をして死んでいった。

立松和平の弔辞に泣かされていた。君と同じ、六十三歳であった。

しみじみと情《こころ》の酒を酌みたるよ俺の隣に席をもうけて

浅草は雨蕭々と煙るゆえ歌わずにゆく濡れながらゆく
淋しくてならねば「野分酒場」まで転がって来い風に吹かれて
さらばわが無頼の友よ花吹雪け　この晩春のあかるい地獄

2

元日本ライト級王者バトルホーク風間こと風間清も、二人の共通の友人だった。ボクサーを引退して、風間が開いたジムに私が行けと進めたのだ。ジムは作家の家からさほど遠くない目黒にあった。名トレーナーのもと立松は、みるみる腕をあげていった。もう、二十五六年も前の話だ。すっかり熱中した立松は、ボクシング小説を書き、ＩＢＦ世界バンタム級チャンピオン新垣諭の防衛戦のセコンドをするために風間と共に豪州まで遠征している。

その風間が、食道癌に罹り死を前に、立松と私に会いたいと言ってきた。綾瀬川の畔に家はあった。彼は囲碁でも打つように、テーブルの上の錠剤の山を眺めていた。喉頭癌末期で、流動物を流し込むのがやっとのくせに、私たちの顔を見るや、嬉しそうに煙草を吸ってみせた。さらに、酒を出せと夫人に命じた。冷蔵庫にある最後の酒だと付け加え、二人のグラスに注ぎ、自らも飲んだ。人生最後の酒を、俺たちと飲んでくれたのか。外に出ると秋の陽が眩しかった。それから一月後の十月三日、訃報に接した。リングを打つような激しい雨の朝だった。

立松、君が書いた小説『雨のボクシングジム』を思い出していた。私は詞書のある「逆風」という短歌を風間に献じた。

バトルホーク風間。アマで一二三勝（一〇四KO）九敗の驚異的戦績を残しながらミュンヘン五輪に行けなかった男。プロ転向後も、敬遠されチャンスを掴めなかった男。食道癌療養中も酒と煙草を止めなかった男。好きな言葉は「逆風」だった。

台東区立坂本小学校閉校の朝、二人で屋上に上った。空の彼方、お化け煙突は見えなかった。小学校の後輩で、わがボクシングの師。元日本ライト級王者風間清、行年五十四歳。

グローブの傷は光りてつややかな夜となりしぞ風間清よ
月光の射し込むリング　鷹の羽よ黒いガウンを纏いて君は
バトルホークとは「戦う鷹」でありしかば逆風を蹴る怯まずに征く
口髭を酒で濡らして立ち上がる磊落なるは命なるゆえ
愛しきは星と稲妻、なやましく丼に酒あふれせしめよ
たっぷりとこの世の酒を飲んでやる無念の鷹と呼びたるは誰
コールマン髭を剃りしは歴戦のボクサー人生、顔を脱ぐため

君は、小説『不惘惚れ　法昌寺百話』（アートン　平成一八年）「逆風好き」で、ボクシングの恩師バトルホーク風間との別れを書いている。しかし、立松よ。なぜに君は、俺を送ってはくれなかったのだ。

跋

五月晴れの実にいい天気だ。ＪＲ駒込で下車、心地よい風に吹かれながら本郷通を歩く。これから、中井さんと会い、中原中也のことでお話を伺いに本駒込の吉本隆明宅にむかうのだ。

歩きながら君を想った。偲ぶ会の日程がきまり、慌しい時が流れて行った。東銀座「ふるさと回帰支援センター」での打合せには、遠路知床から君の相棒佐野博氏が毎回出席した。「立松和平著作集」（勉誠出版）全三〇巻編纂に全力を注いでいる黒古一夫氏、追想集『流れる水は先を争わず』を担当した中井健人氏、そしてセンター常務理事高橋公氏のもと、実務全般を一身に背負った支援センターの安田敏和氏らの、作家に寄せる熱い友情を思う。

三月二十七日、青山斎場周辺の桜は満開だった。「立松和平さんを偲ぶ会」実行委員長北方謙三氏の弔辞に泣かされていた。「没原稿の山が俺たちの青春ではないかと、君が言った。」「惨めさを共有した唯一の友人が君だったと、改めて思う。捨てたものではない青春だった。」「別れの言葉は、言わない」。「ぼくにとって君は、いつだって作品の中に生きている」。この日、全国津々浦々から千人もの人々が参集し、君との別れを惜しんだ。浦辺諦善師らの友情も嬉しかった。

新緑が目に痛い。六義園を過ぎ、不忍通の交差点を渡る。偲ぶ会から、二ヶ月が経とうとしている。そんな中、この本の企画がもちあがったのだ。季刊「月光」創刊号に、君が「泰樹百八首」第一回を書いてくれてから二十二年。いつの日か、『泰樹百八首』が一本になると思っていた。歳晩、そんな話を君にした。しずかに微笑するいつもの君がいた。だが、それから数十日後に君は……。潰えた夢を、ウェイツ社長中井健人氏が、このようなかたちで叶えてくれた。

ここには収録できなかったのだが、他の数本の対談を読み、君が歌人福島泰樹を、こうまで心配してくれていたのか、ということに初めて気付いた。下町ッ子、福島の気性を誰よりも知る君であった。想えば立松は、私の第一歌集以来の読者でもあったのだ。以来、四十年。いつも俺の傍には君がいた。

全歌集刊行記念会などには、決まって君が実行委員長をつとめてくれた。短歌絶叫もそうだった。この六月、私は「短歌絶叫四十周年記念コンサート／遙かなる友へ」を吉祥寺スター・パインズ・カフェで開催、四日間にわたり君を追悼する。ずいぶんと歩いてきたな、立松。

待ち合わせの吉祥寺山門に着いた。右手に榎本武揚の墓がある。君は墓の前に立っている。共和国樹立を夢見て函館に渡った武揚とその艦隊。ＮＨＫテレビの案内役は君だった。祈るように胸の高さでメモをとる君が見える。だが、君が温めていたロマンを、もう読むことはできない。

吉本邸は、寺のすぐ傍だ。中井健人は、吉本隆明から信頼を受ける数少ない人の一人であったのか。君が敬愛していた村上一郎の話をしたよ。村上さんも、磯田光一も、小笠原賢二も、みな若く死んでしまった。

吉本邸を辞すと、外はまだ明るい。これから早稲田の「志乃ぶ」で高橋公と会う。病院に駆け付けた三人組だ。君が機縁となり新たな付き合いが始まった。友達を大切にする君であった。美千繪さん、けなげに頑張っていることは、君が一番よく知っている。「志乃ぶ」で君が待って居ないことが淋しい。

二〇一〇年五月二十五日　　福島泰樹

福島　泰樹（ふくしま　やすき）
一九四三年、東京下谷に生まれる。早大文学部西洋哲学科卒。歌集『バリケード・一九六六年二月』で鮮烈なデヴュー。「短歌絶叫コンサート」という新たなジャンルを創設、一二〇〇ステージをこなす。『福島泰樹歌集』（国文社）『福島泰樹全歌集』（河出書房新社）の他、単行歌集二五冊。ほかに『弔い』（ちくま新書）『葬送の歌』（河出書房新社）『山河慟哭の歌』（佼成出版社）『中原中也　帝都慕情』（NHK出版）『誰も語らなかった中原中也』（PHP新書）『悲しみのエナジー』（三一書房）『祖国よ！―特攻に散った穴沢少尉の恋』（幻戯書房）CD『革命』（クエスト）DVD『遙かなる友へ』（クエスト）など著作多数。毎月一〇日、東京吉祥寺曼荼羅で、月例短歌絶叫コンサートを開催中。「月光の会」主宰。

さらば、立松和平
２０１０年７月１日　初版第１刷
編　著　福島泰樹
発行人　中井健人
発行所　株式会社ウェイツ
〒１６０・０００６
東京都新宿区舟町11番地
松川ビル２階
電　話　０３・３３５１・１８７４
ＦＡＸ　０３・３３５１・１９７４
http://www.wayts.net/
装　幀　間村俊一
デザイン　飯田慈子（ウェイツ）
印　刷　シナノパブリッシングプレス

ISBN978-4-901391-08-5　C0095